1

W0298480

Un jour brûlant de juillet 1506,
sous le règne de l'empereur Wu Zong...

— Comment fais-tu, ô Tambour de Bronze, pour viser aussi juste avec ta bille ? demande un garçonnet.

La petite sphère de terre cuite que son camarade vient de lancer touche de plein fouet la sienne, ce qui la fait rouler vers les trois marches de la terrasse sur lesquelles elle rebondit lourdement avant de s'écraser en mille morceaux.

— C'est normal que je gagne, Pousse de Bambou ! En calligraphie tu es le plus fort. Aux billes, c'est moi qui joue mieux que toi. Et puis tu n'as pas de papa ! Alors que le mien s'appelle maître Liu ! rétorque le dénommé Tambour de Bronze en éclatant de rire.

À ces mots, le visage de Pousse de Bambou se fige et son sourire se transforme en grimace. Les larmes jaillissent de ses yeux et il doit se retenir pour ne pas perdre la face.

Tambour de Bronze plaisante-t-il ou bien parle-t-il sérieusement ? Que vient faire pareille allusion dans une partie de billes ? Pourquoi évoquer son père ?

Pousse de Bambou regarde son petit camarade et constate, à son air narquois, qu'il ne plaisante pas. Ce n'est pas la première fois, au demeurant, qu'il s'exprime de la sorte, si bien que Pousse de Bambou, désemparé par l'attaque, ne peut s'empêcher de penser que Tambour de Bronze ne fait que répéter ce qu'il entend à longueur de journée dans la bouche de son père…

Comme la plupart des enfants nés d'une servante et d'un père inconnu, Pousse de Bambou en est réduit à porter le surnom que son maître lui a donné quelques semaines après sa naissance.

Il oublie trop souvent qu'il n'est qu'un bâtard, ainsi que son camarade vient cruellement de le lui rappeler…

Jusqu'à l'âge de trois ans, persuadé que maître Liu était son père, et Tambour de Bronze son frère, Pousse de Bambou ignorait ce que « bâtard » voulait dire. C'est sa mère qui, un jour, lui expliqua la situation.

Il s'en souvient comme si c'était hier. Sa mère venait de le coucher dans le lit qu'il partageait avec elle, et il lui avait demandé pourquoi la pièce où ils vivaient, dans laquelle trois personnes assises tenaient à peine, était si petite.

— Pousse de Bambou, il faut que tu saches que tu n'as pas de papa… Nous sommes des pauvres. Mieux vaut en prendre conscience maintenant. Ainsi tu seras moins déçu.

— Mais maître Liu, alors, qui est-ce, maman ?

— Maître Liu est notre maître. Je lui appartiens, Pousse de Bambou ! Il m'a achetée. Bien avant ta naissance… Nous sommes des esclaves !

— Il t'a achetée, ô maman ?

— Oui, comme un sac de millet au marché. Pareil… puisque je te le dis, avait alors conclu sa mère d'une voix douce.

Devant une telle confidence, Pousse de Bambou n'avait même pas songé à pleurer : sa mère avait l'air de trouver cette situation normale. « Esclave » était pour lui un terme abstrait, vide de sens, dépourvu de toute référence.

À force de voir sa mère trimer du matin au soir au service de maître Liu, il finit toutefois par comprendre que la situation d'esclave était loin d'être enviable.

Peu à peu, sont venus les indices sur sa propre condition. Ainsi, il n'a jamais porté que les habits déjà usés par Tambour de Bronze et continue, bien qu'ayant accompli neuf ans, à partager la chambre de sa mère, cette petite pièce donnant sur une des arrière-cours de la maison, alors que la chambre où dort Tambour de Bronze est trois fois plus grande, au bas mot, que la leur.

Mais plus le temps passe et plus cela fait drôle à Pousse de Bambou, de se dire qu'il n'est qu'un bâtard et un demi-esclave dont le sort est lié au bon vouloir d'un maître. Lui se sent l'égal des autres, de ceux qui ont une mère et un père clairement identifiés, à l'instar de Tambour de Bronze.

Il connaît le goût de l'injustice et c'est dur, pour un petit garçon de son âge, de se sentir exclu, de se sentir diminué.

Heureusement qu'il y a le papier, les pinceaux, et la pierre d'encre... Heureusement qu'il y a ces heures passées à exercer sa main et à noircir des feuilles avec des poèmes et des extraits des Cinq Classiques et des Quatre Livres[1], que maître Liu fait recopier à ses élèves ! Heureusement qu'il y a l'écriture, cette magie du dessin qui parle de lui-

1. Les Cinq Classiques (le *Classique des Documents*, le *Classique de la Poésie*, le *Livre des Mutations*, le *Classique des Rites*, ainsi que les *Annales de la Principauté de Lu*, celle de Confucius), forment, avec les Quatre Livres (les *Entretiens de Confucius*, le *Mencius*, la *Grande Étude* et l'*Invariable Milieu*), l'essentiel des textes qu'un lettré devait connaître à l'époque de la dynastie des Ming.

même, donnée au peuple chinois par l'Empereur jaune il y a plus de dix mille ans, avec les nombres ainsi que la méthode qui consiste à tirer le fil du cocon du ver à soie, puis à le tisser pour fabriquer le plus beau tissu du monde...

Car sa bâtardise, Pousse de Bambou s'efforce, malgré son jeune âge, de la compenser par la calligraphie.

Calligraphie : *Shu ru qi ren.*

L'écriture est à l'image de celui qui l'a tracée ; elle est le reflet du cœur, siège de la pensée ; elle est aussi la marque de l'esprit ; l'esprit qui souffle à partir du bas du ventre du corps humain, emplacement de sa source d'énergie.

Non seulement Pousse de Bambou fait sienne cette maxime, mais en plus il l'applique à l'idée qu'il se fait de lui-même.

Mieux il écrira et plus « grand », évidemment, il sera, aux yeux des autres... Il ne se contentera pas, à l'instar de tous ces jeunes gens bien nés qui viennent suivre les cours de maître Liu, d'écrire « correctement », d'avoir une écriture « convenable » – c'est-à-dire insipide mais lisible –, d'être « poli » dans tous les sens du terme ; il se voit, il se veut calligraphe hors pair, magicien du pinceau, sorcier de l'encre et dragon de la feuille de papier de soie.

Écrire est un combat.

Écrire est devenu son combat.

Écrire est un délicieux exercice quotidien.

Merci pour lui : écrire est devenu un vrai délice.

De surcroît, il est persuadé qu'il tient là sa chance.

Il en est sûr : il deviendra un champion du *shufa*[1] ; il en remontrera à tous, en matière de dessin des pictogrammes *Xiangxingzi* ; il fera honte à ce pauvre Tambour de Bronze, à peine capable d'aligner trois traits parallèles…

Selon maître Liu, il existe dix-neuf mille huit cent cinquante-sept *hanzi*, ou caractères, différents ; un grand savant calligraphe en connaît de six à sept mille ; un homme cultivé, c'est-à-dire un « lettré fonctionnaire », à peu près trois mille cinq cents. Certains ministres n'en possèdent que deux mille. Le nombre de *hanzi* maîtrisé par l'empereur du Centre est un secret d'État. Certaines mauvaises langues prétendent qu'il n'en possède que mille cinq cents ! Une misère !

Pousse de Bambou, pour ce qui le concerne, a de quoi être satisfait : il vient d'achever l'apprentissage du deux mille trois cent dixième *hanzi* ; à raison de cinq par jour, il compte en mémoriser mille de plus tous les six mois. Il ne se contentera

---

1. *Shufa* signifie « art d'écrire », en chinois.

pas de la quantité suffisante pour être considéré comme un *shi*, un vrai lettré ; il se voit égalant maître Liu, qui prétend connaître tous les *hanzi* existant. Cette caractéristique, qui fait de lui un « dictionnaire ambulant », figure d'ailleurs en bonne place, et sous ce même qualificatif, à côté de son nom, sur l'enseigne de sa boutique, ce qui lui vaut les remarques admiratives des nombreux clients qui passent la porte pour faire appel aux services d'un calligraphe aussi savant.

Depuis qu'il est en âge de tenir un pinceau, Pousse de Bambou a compris que dessiner correctement des *hanzi*, c'est décrire et réfléchir ; c'est composer des poèmes et c'est donner à rêver ; c'est donner à lire, aussi.

Or, lire, c'est savoir.

Lire, c'est connaître et c'est aussi penser droit.

Lire fait de toi un homme de bien.

Lire peut t'amener à devenir fonctionnaire avec bonnet à ailettes, ceinture de jade, bottines en feutrine noire, bureau individuel au *yamen*[1] et salaire assuré chaque fin de semaine. Une belle calligraphie peut même te propulser au premier rang du classement des concours de fonctionnaires

---

1. Terme désignant le bureau du fonctionnaire au chef-lieu du district.

de l'État. Alors, tu deviendras préfet ou gouverneur, et les portes du gouvernement te seront également ouvertes. Tu pourras même finir ministre…

Hélas, les bâtards sont interdits de fonction publique.

Pousse de Bambou le sait : pour grimper les barreaux de la considération sociale, un bâtard n'a le choix qu'entre la voie des armes, en devenant soldat des armées impériales, et celle du pinceau, moins risquée et surtout plus accessible, vu ses talents calligraphiques.

Car Pousse de Bambou a déjà la façon de tenir le pinceau des plus grands : à la verticale, totalement solidaire du bras qui, seul, doit bouger, toujours à la même distance – strictement contrôlée – de la feuille, selon l'épaisseur du trait requise, la pointe du pinceau étant capable d'effleurer le papier ou au contraire de s'écraser sur lui, et tout cela à des degrés divers… car c'est ainsi que le calligraphe est capable de « chanter comme l'oiseau », du pépiement le plus strident au caquètement le plus doux.

S'il ne possède évidemment pas autant de *bi*, de pinceaux, que maître Liu qui pourrait, s'il le voulait, en changer tous les jours de l'année, Pousse de Bambou n'est pas peu fier de sa collection. Il en possède déjà une vingtaine, qui sont les témoignages d'un bestiaire varié puisqu'il y en a en poils de lièvre, de loutre, de chat, de renard, de martre, de chien et même de loup. Sans oublier ce *bi* en crin de cheval, qui permet de tracer des *hanzi* d'une force telle qu'ils semblent vouloir s'échapper de la feuille blanche à la vitesse du galop du chasseur à l'aigle.

Pousse de Bambou a aussi appris de maître Liu l'art de préparer lui-même l'encre *mo* en mélangeant du charbon de pin à de la colle de poisson, de la poudre de perle et de laque ainsi que du blanc d'œuf, puis en pétrissant cette pâte avant de la couler et de la faire sécher, à l'air vif, dans des moules de cuivre en forme de tube ou de cercle.

Alors, il suffit de broyer un peu de *mo* sur le *yantai*[1] et d'y passer son pinceau trempé d'eau, et on obtient la sublime et vénérable encre noire dont le pinceau peut se nourrir.

Le mois précédent, pour le récompenser dans ses progrès que maître Liu qualifie d'incessants, ce dernier a offert à son élève zélé sa première pierre à encre : elle a la forme d'un rocher miniature parsemé d'yeux verdâtres dont le sommet en creux, légèrement évasé, sert de réservoir à l'eau dans laquelle le bâton à encre est broyé.

1. *Yantai* signifie pierre à encre ; les pierres à encre sont généralement du schiste argileux.

Lorsqu'il s'adonne – toujours debout, comme il se doit, car il convient que les pieds du calligraphe soient seuls en contact avec la Terre pour mieux capter son énergie – à l'écriture, Pousse de Bambou a l'impression d'exister doublement : en tant que Pousse de Bambou, bien sûr, mais aussi en tant que scribe et dessinateur, dont le corps tout entier est mobilisé pour cette activité réservée au fin lettré qu'il rêve de devenir un jour, plus tard, lorsqu'il connaîtra au moins six à sept mille *hanzi*.

Alors, peut-être – qui sait – deviendra-t-il un professeur de calligraphie, un formateur de lettrés à l'instar de maître Liu auquel il s'efforce de prouver tous les jours qu'il surpasse – et de très loin – son propre rejeton…

C'est dire si Pousse de Bambou enrage, après les derniers propos de Tambour de Bronze, qui ravivent en lui une douleur profonde, la douleur lancinante de celui qui sait qu'il n'a pas la chance d'être né libre et d'avoir un père.

Cela s'appelle remuer le couteau dans la plaie.

Tambour de Bronze ne serait-il pas un peu jaloux de lui ?

Ce serait un comble !

À deux doigts de lui répondre vertement et d'aller se plaindre à sa mère, qui passe une bonne partie de ses journées à battre le linge au lavoir du quartier, Pousse de Bambou se ravise, maîtrise sa colère, puis ramasse dans le creux de sa paume les miettes de sa bille et fait mine de partir.

Il veut donner à Tambour de Bronze une chance de rattraper sa bévue en s'excusant.

— Tu ne veux pas jouer au cerf-volant avec moi ? lui propose alors son camarade, qui ne s'est visiblement pas rendu compte du degré de la blessure qu'il lui a infligée.

Pousse de Bambou est écœuré.

— J'ai du travail ! Je dois apprendre encore dix-huit *hanzi* avant ce soir comme Maître Liu l'exige de ses meilleurs élèves ! réplique-t-il, histoire de montrer à ce malotrus qu'il en faut plus pour le désarçonner.

— Et au jeu de l'aigle et du poulet[1] ?

Ce Tambour de Bronze est vraiment indécrottable !

— Demain... si j'ai le temps ! À présent je dois aller au palais des Beaux Caractères... lâche Pousse de Bambou d'un ton maussade, déçu de ne

1. Ce jeu, très populaire sous les Ming, ressemble à celui du chat perché.

pas avoir reçu d'excuses de la part du fils de maître Liu, avant de tourner les talons.

Malgré son nom pompeux, le palais des Beaux Caractères est l'un des modestes pavillons qui bordent la cour de la maison de maître Liu.

La partie gauche sert de lieu d'apprentissage de la calligraphie aux tout-petits ou aux adultes qui ne savent pas écrire : son sol de sable est divisé en carrés, matérialisés par des cordes tendues entre des piquets à un pouce du sol, où les élèves de maître Liu peuvent s'exercer à leur guise pendant des heures, sans pour autant gâcher la pierre d'encre et le papier, ni laisser de traces, de leurs errements graphiques souvent générateurs de quolibets. Cette astuce a attiré à maître Liu les faveurs de nombreux élèves, auxquels elle évite des dépenses ruineuses qui leur sont imposées par les autres peintres calligraphes, dont les écoles d'écriture et de peinture alignent leurs façades tout le long de la rue des Pinceaux agiles, l'artère principale du quartier des lettrés.

La partie droite du pavillon est des plus classiques ; elle ressemble davantage à une salle d'école de calligraphie : sur un parquet de sapin a été installée une immense table à écrire en ébène, autour de laquelle une quinzaine d'élèves peuvent tenir sans se serrer.

— Maître Liu, est-ce que mon « *mâ* » est dessiné avec assez de légèreté ? demande Pousse de Bambou au maître qui passe par là.

Il ne déteste pas mendier les compliments, surtout qu'il vient d'achever de tracer dix fois de suite, sur autant de carrés de sable, à l'aide d'un stylet de bronze effilé comme une aiguille à tricoter, le *hanzi* signifiant « cheval ».

— Je n'ai pas trop le temps de regarder mais *a priori*, je pense que tu t'y es bien pris… lâche le maître dont l'esprit est occupé ailleurs.

Déçu et en colère, Pousse de Bambou pique du nez tandis que le rouge lui monte aux joues. Ce n'est pas la première fois que maître Liu lui témoigne de l'indifférence alors que la progression de son travail calligraphique est nettement plus convaincante que celle de Tambour de Bronze, dont les pâtés font peine à voir.

De fait, Tambour de Bronze ne témoigne d'aucune disposition pour le métier exercé par son père, au grand dam de celui-ci, lequel, pour autant, ne ménage pas ses efforts pour inculquer à son fils les rudiments de son art.

Il arrive souvent à maître Liu de disputer son fils devant les autres apprentis :

— Jamais je n'arriverai à faire de toi un calligraphe de renom, mon fils ! Tu n'es même pas capable de tenir le pinceau comme il faut ! Le pinceau, c'est comme l'oiseau : si tu le serres trop, il étouffe, et si tu ne le tiens pas, il s'envole ! Mon fils, tu es nul ! Mes augustes ancêtres calligraphes doivent s'en retourner dans leurs tombes !

Et les sarcasmes s'abattent sur Tambour de Bronze, qui regarde son père d'un air à la fois indifférent et buté avant de lui rétorquer :

— Je n'ai que faire de la calligraphie. Je préférerais de loin être un soldat !

— Cela n'est pas possible : chez les Plein-Vide, tous les garçons sont peintres calligraphes de père en fils ! hurle alors maître Liu, désespéré et ulcéré.

Le nom de famille de maître Liu est Plein-Vide. Il en fut de même pour maître Gong, son père, et l'intéressé entend bien qu'il en soit ainsi pour son fils.

Plein-Vide…

Plein-Vide, c'est comme Yin-Yang… Chaud-Froid… Homme-Femme… Dur-Mou… Blanc-Noir… Lumière-Nuit… Soleil-Lune…

Plein-Vide !

Pousse de Bambou a beau se torturer les méninges, il ne comprend rien à cette association entre deux mots contraires qui figure pourtant sur l'enseigne de l'échoppe de maître Liu, devant laquelle les clients se bousculent dès les premières heures de la matinée et jusqu'à très tard le soir.

Il faut croire que la foule sait de quoi il retourne, puisqu'il y a toujours là quantité d'hommes et de femmes qui viennent commander au maître un poème ou une peinture de paysage, ou encore le portrait de leur fils ou celui de leur aïeul.

Maître Liu sait tout faire, tant en peinture qu'en calligraphie. Il est capable, d'un simple trait, de représenter l'hirondelle en plein vol ou le nuage de brume recouvrant la cime des montagnes qui bordent un lac d'altitude ; il peut aussi dessiner d'un seul jet et sans la moindre hésitation tous les *hanzi* qu'il a appris, sans faire appel au dictionnaire.

Il travaille pour le Palais impérial dont il est l'un des peintres calligraphes, qualité qui figure d'ailleurs en bonne place sur son enseigne et qui lui vaut sa très nombreuse clientèle.

Malgré son titre, il n'a jamais eu le privilège d'être reçu par le souverain du Centre en personne, puisque les commandes sont passées par le directeur des collections calligraphiques. Seul les « peintres attitrés », auxquels la Cour demande de faire le portrait de l'empereur, sont reçus une fois par an en audience privée.

Le rêve de maître Liu est de devenir « peintre attitré », mais il sait fort bien qu'il ne sert à rien de postuler pour en être digne, puisque c'est l'empereur – et lui seul – qui le décide.

Chez les Plein-Vide, cette prestigieuse fonction n'a été occupée qu'à deux reprises : la première fois, à la fin de la dynastie des Yuan, dont l'empereur demanda à Fugong Plein-Vide d'effectuer les portraits de tous ses aïeux. Fugong avait réuni ces portraits dans un album intitulé *Illustres* qui contribua notablement à asseoir la renommée de la famille des peintres calligraphes Plein-Vide. La deuxième fois par l'arrière grand-père de maître Liu, une quarantaine d'années plus tôt, sur la décision de l'empereur Chenghua[1].

Pousse de Bambou contemple une nouvelle fois son travail.

Ses « *mâ* » sont superbes : parfaitement équilibrés et tracés d'un geste du poignet qui n'a pas hésité ni tremblé.

Lui dont la main progresse chaque jour, est vexé. À peine maître Liu reparti, il quitte à son tour le palais des Beaux Caractères pour aller retrouver sa mère. Elle plie la cargaison de linge qu'elle vient de ramener du lavoir.

---

1. L'empereur Chenghua, qui paracheva la construction de la Grande Muraille telle qu'on peut encore la voir au nord de Pékin, régna de 1465 à 1487.

— Maman, maître Liu n'est pas gentil ! Il ne veut pas reconnaître mes efforts... murmure Pousse de Bambou en regardant ce visage aux traits fins, mais usé et buriné, qui sourit si rarement.

— Il est déjà bien bon de ne pas t'obliger à aller travailler au jardin ou à l'écurie ! marmonne-t-elle, consternée de constater la naïveté et l'irréalisme dont Pousse de Bambou fait preuve.

— Mais je suis bien meilleur calligraphe que Tambour de Bronze, maman ! La main de ce garçon est si gauche qu'il n'arrive même pas à dessiner correctement le chiffre *yi*[1] ! proteste l'enfant, ce qui ne fait qu'accroître son anxiété de mère.

— Pousse de Bambou, tu es sans doute trop jeune pour comprendre... mais tu n'es qu'un enfant d'esclave ; tu ne seras que ce que maître Liu décidera que tu sois !

— Mais je veux être peintre calligraphe ! J'entends bien devenir un lettré ! gémit le jeune garçon, désespéré, en s'accrochant si fort à elle qu'il manque la faire tomber.

— C'est maître Liu qui aura à en juger !

---

1. *Yi*, le chiffre 1, est un simple trait horizontal.

— C'est trop injuste. J'écris comme je respire ! J'ai déjà le souffle d'un lettré ! lâche alors le garçonnet.

La pauvre femme ne comprend pas le sens de cette expression et regarde à présent son Pousse de Bambou pensivement, se demandant s'il n'aurait pas un grain de folie dans le crâne…

2

Deux jours plus tard…

Les deux enfants sont seuls dans une autre salle de calligraphie de la maison de maître Liu.

Celle-ci est à l'usage des élèves débutants ; il s'agit d'une pièce occupée par de longues tables basses en bois de rose, lisses comme des miroirs, qu'une préposée au nettoyage des classes est en train de faire briller avec une peau de mouton enduite de graisse.

— Comme je te trouve jolie, Jasmin Éthéré, avec cette écharpe de soie de dame de cour ! lance Pousse de Bambou à l'adresse d'une adorable fillette, dont le visage aux yeux rieurs et à peine bridés resplendit d'intelligence et de vivacité.

Jasmin Éthéré est la fille de maître Liu. Elle a trois ans de moins que Tambour de Bronze, mais cela ne l'empêche pas de faire preuve d'une acuité d'esprit et d'un sens de la répartie bien supérieurs à ceux de son frère.

À présent, Jasmin Éthéré a un peu plus de six ans, et Pousse de Bambou la trouve belle comme un de ces jolis poèmes de Dufu[1] dont il copie des strophes pour certains clients de maître Liu : « belle comme la pleine lune lorsqu'elle se reflète dans les eaux du lac de l'Est » ; « admirable comme la rose dont le bouton s'ouvre, sous l'effet du rayon de soleil printanier »...

— C'est Dame Prune de Jade qui me l'a rapportée du magasin de soieries de la rue des Oiseaux multicolores... répond la fillette, ravie, malgré son tout jeune âge, du compliment que vient de lui adresser celui qui se comporte déjà comme un vrai petit homme.

Dame Prune de Jade est la tante de Jasmin Éthéré et de Tambour de Bronze. Leur mère est morte de fièvres quelques mois après la naissance de la fillette. Depuis ce drame, Maître Liu, inconsolable, n'a pas repris d'épouse, pas plus d'ailleurs que de concubine. Lorsque le besoin d'une femme se fait trop pressant, il se contente de convoquer chez lui une de ces filles de joie qu'on

1. Dufu, qui vécut de 712 à 770 sous les Song, est le poète chinois le plus célèbre.

trouve dans les maisons closes du quartier des plaisirs.

— Tambour de Bronze et toi, Pousse de Bambou, êtes nés presque le même jour. Et pourtant mon frère a plusieurs années de retard de pratique sur toi ! explique doctement la fillette à son camarade plus âgé.

— Je ne suis qu'un bâtard, né de père inconnu. Ma mère est une esclave… une femme de peu !

— Je la trouve très gentille, ta mère.

— C'est toi qui es gentille, Jasmin Éthéré… murmure alors Pousse de Bambou avant de s'éclipser.

Il ne veut surtout pas lui montrer son visage inondé de larmes.

Et il sait qu'il ne pourra pas s'empêcher de pleurer.

Cela fait trop longtemps qu'il se retient…

Un bâtard !

Il n'est rien d'autre qu'un pauvre bâtard, fils d'esclave. S'il n'y avait pas l'écriture, il serait tout juste bon à nettoyer le parquet !

Alors, il part se réfugier dans la minuscule pièce unique qui leur sert de chambre, à lui-même et à sa mère ; et là, il s'effondre sur le lit en hurlant de désespoir, après avoir enfoui son nez dans un coussin.

3

Quelques mois plus tard…

Au moment où Pousse de Bambou s'apprête à entrer dans le palais des Beaux Caractères, il entend les éclats d'une violente dispute.

Prudent, au lieu de pénétrer dans les lieux, il préfère s'arrêter juste derrière la porte à claire-voie, à travers laquelle il distingue les silhouettes du maître calligraphe et de son fils dont il n'a pas tardé à reconnaître les voix.

— Tambour de Bronze, tu es un bon à rien ! Sur ces dix *hanzi*, il y en a huit de faux. C'est totalement illisible ! hurle maître Liu, qui va et vient rageusement devant la table de calligraphie en pointant du doigt les erreurs grossières de son fils.

— Mais je fais de mon mieux, très auguste père ! gémit Tambour de Bronze.

— Dans ce cas, autant arrêter la calligraphie. La « voie du Pinceau » n'est pas faite pour toi.

Quand je pense aux progrès de Pousse de Bambou… Tu devrais prendre exemple sur lui !

— Ce n'est qu'un bâtard ! lâche la voix maussade du garçon.

— Heureusement pour toi, Tambour de Bronze, que Pousse de Bambou n'est qu'un bâtard. S'il était mon fils, c'est à lui que je confierais, le moment venu, ma succession.

Pousse de Bambou serre les poings à s'en faire blanchir les phalanges, tout en s'efforçant de s'empêcher de hurler sa rage.

Il ne supporte pas cette injustice qui fait des bâtards des réprouvés.

— Je veux être calligraphe soldat, très auguste père ! trépigne Tambour de Bronze en brandissant son pinceau en poils de loutre.

— Pauvre crétin ! Comment peut-on prétendre devenir calligraphe militaire si on n'est pas capable de tenir correctement un pinceau ni de le frotter comme il convient sur la pierre à encre !

Les calligraphes militaires sont chargés de retranscrire les ordres – obligatoirement écrits – de l'état major, transportés par des estafettes à cheval, de position en position ; ils forment un ordre militaire à part, dont le recrutement fait davantage appel à des qualités cérébrales que physiques.

— Je veux être calligraphe militaire ! trépigne Tambour de Bronze, qui reçoit une gifle.

Il pique du nez, comme chaque fois que son père s'emporte.

— Tu es si nul que tu ne seras jamais reçu au concours si tu ne t'améliores pas !

Tambour de Bronze, pétrifié, ne pipe mot.

— Mais qui est là, derrière la porte ? enchaîne maître Liu, qui s'apprête à aller voir.

— Ce n'est que moi ! J'ai cinq *hanzi* à apprendre et à calligraphier d'ici ce soir. Or, j'ai laissé ma pierre à encre sur la table ! s'empresse de répondre le « bâtard », dont la tête vient d'apparaître derrière le ventail.

Pousse de Bambou veut éviter à tout prix que maître Liu se doute qu'il a tout entendu, et s'efforce d'afficher une mine joviale, alors qu'en son for intérieur, il bout comme l'eau du thé.

— Pousse de Bambou, montre un peu à Tambour de Bronze comment on s'y prend pour calligraphier *hong* ! jette maître Liu en dessinant sur sa paume l'idéogramme de la couleur rouge.

Et le « bâtard » de s'exécuter en huit traits souples et élégants, posés sans la moindre hésitation sur le coin libre de la feuille déjà noircie par les *hanzi* ratés ou approximatifs de Tambour de

Bronze, dont les yeux remplis de haine en disent long sur le ressentiment qu'il éprouve.

Écrire est un combat ! Écrire est un défi !

— Prends-en de la graine ! s'écrie le calligraphe en claquant la porte du palais des Beaux Caractères.

— Tu veux que je te montre ? hasarde Pousse de Bambou à l'adresse de son camarade, dont il est devenu une sorte de rival.

— Plutôt mourir ! lui lance ce dernier en broyant la feuille entre ses deux mains pour en faire une boule, avant de projeter celle-ci contre le mur.

La porte du palais des Beaux Caractères claque une deuxième fois, bien plus violemment encore que lorsque maître Liu est sorti.

Pousse de Bambou est seul.

À présent, il regarde d'un air accablé le pot de porcelaine où Tambour de Bronze range ses pinceaux. Tout est là, dans le fait que, malgré sa piètre calligraphie, Tambour de Bronze possède au bas mot deux fois plus de pinceaux que lui, pourtant un as en calligraphie. Il en a même trois en poils de zibeline. Leur prix dépasse sûrement deux mille yuan, soit l'équivalent de la solde hebdomadaire d'un lettré du cinquième grade de la troisième classe... Tous ces pinceaux ont été offerts à Tambour de Bronze par son père.

Un rat au poil luisant court le long du mur. C'est un heureux présage. Dans un magasin alimentaire, la présence du « rat précieux » est synonyme d'abondance, et personne ne s'aventure à lui faire le moindre mal et encore moins à le capturer afin de le cuisiner à la casserole.

Le rat *shu* est un animal très intelligent, ce qui lui vaut la première place du cycle calendaire. Avec le hérisson, le mulot est l'un des jeunes dieux des Greniers, autrement dit un complice attentif qu'il convient de ménager.

Quelle bonne nouvelle la présence de ce délicat rongeur annonce-t-elle ?

Pousse de Bambou n'a pas le temps de réfléchir pour répondre à la question. Surpris par la main qui vient de se poser sur son épaule, il se retourne en étouffant un cri.

C'est Jasmin Éthéré. Divine surprise ! *Shu*, merci pour moi !, pense très fort le jeune garçon.

Jasmin Éthéré est un soleil qui réchauffe son cœur.

— Mon père et mon frère ne sont pas gentils avec toi, Pousse de Bambou ! Moi oui ! murmure la fillette en s'emparant de ses mains.

— Heureusement que tu es là, Jasmin Éthéré !

— Je veux jouer à l'aigle et au poulet… Tu es d'accord, Pousse de Bambou ? S'il te plaît !

Le sourire de la fille cadette de maître Liu fait fondre Pousse de Bambou. En sautillant, elle l'entraîne vers la cour des cuisines de la maison de maître Liu.

C'est là qu'ils ont l'habitude de se livrer à leurs jeux, sous les yeux attendris du personnel de bouche en train de préparer la nourriture pour les élèves de calligraphie qui restent déjeuner.

Au bout de quelques minutes, Jasmin Éthéré et Pousse de Bambou voient arriver Maître Liu qui a toujours l'air aussi courroucé.

— Pousse de Bambou, je te croyais à l'étude… Quant à toi, Jasmin Éthéré, tu as mieux à faire qu'à jouer dans la cour des cuisines !

La fillette s'enfuit, les mains sur le visage.

Maître Liu fait signe à Pousse de Bambou de s'approcher avant de lui glisser :

— Tu n'as plus l'âge de t'amuser seul avec ma fille…

— Mais c'est elle qui me l'avait demandé, monsieur Liu !

— Maître Liu !

— Maître Liu…

— Je ne te le dirai pas deux fois ! conclut sèchement le calligraphe en plantant là son brillant élève dont les larmes jaillissent.

Il vient de comprendre qu'il ne fera décidément jamais partie de la famille Plein-Vide.

Il n'est qu'un bâtard.

Un bâtard calligraphe.

Écrire est une obligation !

4

Un mois plus tard...

Partout circule une foule compacte et Pousse de Bambou, à chaque pas, se sent un peu plus perdu.

C'est la première fois qu'il a décidé d'aller se promener seul dans Pékin, au lieu de demeurer au palais des Beaux Caractères, à parfaire sa façon de tracer les *hanzi.* Depuis qu'il est enfant, même pendant les journées au cours desquelles l'école de maître Liu fait relâche, Pousse de Bambou reste toujours cloîtré.

Il a profité d'une absence du calligraphe, appelé au Palais impérial, pour recopier un chapitre du code pénal.

L'air est vif, obligeant le jeune garçon à relever le col de loutre du manteau molletonné que Tambour de Bronze portait l'année précédente, et qu'il refuse désormais de porter tant il est constellé de taches d'encre.

Cette façon qu'a maître Liu de passer systématiquement à Pousse de Bambou les vêtements usagés de son fils exaspère de plus en plus ce dernier.

Mais il n'y a rien à faire, car tel est le sort vestimentaire d'un bâtard.

Il était loin d'imaginer la ville aussi grande, avec ses avenues noires de monde, le long desquelles sont bâtis des édifices majestueux. Elles sont occupées par des cohortes de paysans, qui transportent leurs produits vers les marchés urbains où les commerçants dressent chaque matin leurs étals, sous l'étroite surveillance des préposés à la perception des taxes de droit d'emplacement.

Les étals étant ordonnés dans les marchés selon que la nourriture y est d'essence yin ou d'essence yang, c'est en allant faire les provisions avec sa mère, chargée de porter les lourds sacs de victuailles de l'intendant de maître Liu, que le jeune garçon a pris conscience pour la première fois de ce qu'est le principe d'ordre dual.

Mais le marché qui s'ouvre à lui est bien plus important que celui où se rend sa mère.

C'est le grand marché de Pékin.

Les pyramides de choux et de sacs de grains de millet forment une immense allée au milieu de laquelle il tente, malgré la foule des acheteurs en vêtements bariolés à la recherche de la bonne affaire, de se frayer un chemin. Il y a là tous les ingrédients nécessaires pour cuisiner : poissons, volailles, viandes, légumes et épices, le tout en quantités invraisemblables. Devant lui, une escouade de cuisiniers de la Cité Interdite, reconnaissables à leur brassard Jaune, la couleur impériale, dévalise un poissonnier de ses immenses carpes.

De toutes ces victuailles, tripes et rognons de porc sautés, ou encore fromage de soja *tofu* frit, rien n'est pour lui ; rien n'est pour un bâtard.

Il avise un marchand de beignets de pommes et s'aperçoit, juste au moment où l'homme lui en tend un, qu'il ne dispose pas d'un sou vaillant pour le payer.

— Veux-tu que je dessine ton nom sur une feuille de papier ? demande-t-il ingénument au marchand.

— Et à quoi ça me servirait ? lui rétorque ce dernier, perplexe.

— Je ne sais pas moi… C'est tout de même utile d'avoir son nom écrit quelque part… Comment t'appelles-tu ?

— Très peu pour moi ! Les pauvres gens de mon espèce n'ont que faire de l'écriture de leur nom !

— Je n'ai pas un sou en poche. Si tu n'acceptes pas une calligraphie, il faut me faire crédit... insiste le jeune calligraphe.

— Ici, mon jeune garçon, on paie comptant ! Et dégage un peu de là, sinon j'appelle un garde ! En gênant les clients pour accéder à mon stand, tu vas finir par m'empêcher de vendre mes beignets ! lâche l'homme, agacé.

Pousse de Bambou, désappointé par la réponse du marchand, continue, malgré la faim qui le tenaille, sa progression dans le grand marché. À la viande et au poisson, succèdent à présent les fruits et les légumes, les plantes aromatiques puis les reptiles et les insectes, jusqu'à ce que les produits alimentaires laissent la place aux colifichets, aux brosses et aux peignes, puis aux étoffes précieuses.

Devant tant de somptuosité, le bâtard, qui a réussi à chiper au passage une arbouse et une alberge sur un étal, écarquille les yeux.

Le grand marché de la soie est un océan de couleurs dans lequel nagent des poissons d'or, dont les reflets chatoyants remontent à la surface des eaux. Toutes les teintes et les matières sont là, à l'exception, bien sûr, de la moire de soie jaune, puisque son usage est exclusivement réservé à l'empereur du Centre.

Un policier, identifiable à son brassard en tissu rouge, sur lequel est inscrit en noir « police d'État », s'approche de Pousse de Bambou.

— Que fais-tu là, minable garçonnet, à traîner seul au grand marché de la soie ? demande-t-il, histoire de vérifier qu'il n'est pas l'un de ces innombrables petits chapardeurs qui hantent les allées à la recherche de coupons de soie.

Quand on trouve de la soie sans certificat officiel sur un individu, celui-ci est bon pour la confiscation de la marchandise et une semaine de gangue à l'entrée du grand marché. Il n'est pas rare que certains gosses n'y résistent pas et qu'ils soient retrouvés morts, au petit matin, par les agents chargés du balayage…

— Je vais à mon cours… Je me suis perdu… Je suis apprenti calligraphe ! bredouille le bâtard.

— Où habites-tu ?

Le policier a l'air méfiant.

— Au quartier littéraire.

— Tu veux dire devant la porte méridionale de la Cité pourpre interdite ? poursuit le policier, de plus en plus circonspect.

— C'est cela même ! répond, dans un filet de voix, Pousse de Bambou qui n'a pas de quoi être fier.

S'il était conduit au poste de police du grand marché, nul doute que le courroux de maître Liu – dûment convoqué pour aller le chercher en raison de son âge – s'abattrait sur lui, car il lui est interdit de sortir de la demeure sans l'autorisation expresse du maître. Sans compter que ce serait, pour maître Liu une insupportable perte de face. Pensez donc : être contraint de se déplacer au commissariat comme un vulgaire malfrat !

Heureusement pour le bâtard, le déclenchement d'une rixe entre deux marchands avinés vient opportunément happer le flic, qui est contraint de partir en courant vers le lieu où la bagarre a éclaté.

Pousse de Bambou, en nage et le cœur battant la chamade, se retrouve seul. Soulagé. Le pire serait-il derrière lui ? Ce qui est sûr, c'est qu'il n'y a pas une minute à perdre.

Il est temps de quitter le marché pour des lieux moins dangereux.

Et s'il allait vers le lac de la mer du Nord ?

Cela fait si longtemps qu'il rêve de contempler de ses propres yeux ce beau plan d'eau sur lequel tant d'immenses poètes classiques – dont il a recopié maintes fois les *hanzi* rares et précieux – ont écrit des vers !

D'après ce qu'il a retenu de l'examen de la grande carte de la capitale impériale, que maître

Liu conserve précieusement dans le tiroir de son bureau, le lac est situé à environ une heure de marche du grand marché.

Il n'a aucun mal à s'y rendre, et en moins d'une heure parce qu'il fait tellement froid qu'il court pour se réchauffer.

Le lac est conforme à l'image qu'il s'en est fait. Sa surface parfaitement plane contribue à apaiser son esprit encore enfiévré par l'attitude violente et irrespectueuse du policier.

Le long de l'embarcadère où des bateliers, à la belle saison, attendent les familles les plus nobles de la cour impériale, se dresse le pavillon des Cinq Dragons, *Wulong Dian*, adossé au long mur des Neuf Dragons, *Jiulong Bi*, dont les briques vernissées ont pour vertu principale de chasser les mauvais esprits.

La mer du Nord est dure et blanche comme le marbre des tables impériales. En hiver, elle ressemble à cette variété très rare de jade blanc dans lequel, parfois, sont sculptées les stèles votives adressées à des personnages éminents et sacrés, que leurs descendants placent dans les jardins et les cours de leurs nobles demeures.

Pousse de Bambou hasarde un pied sur cette surface immaculée que le gel a complètement pétrifiée.

La glace, très épaisse, n'émet pas le moindre craquement. Loin devant, une forme animale galope en ondulant, ce qui provoque un petit nuage de givre à la surface des eaux figées ; l'enfant est trop loin pour savoir s'il s'agit d'un renard, d'une hermine ou encore d'une zibeline.

En regardant alentour, Pousse de Bambou constate que, curieusement, il n'y a aucun autel sacrificiel sur les bords de la mer du Nord.

Les petits animaux à poils sont connus pour vivre très vieux, parce qu'ils puisent l'énergie tellurique au fond des terriers où ils dorment et hibernent. Lorsqu'ils atteignent trente ans d'âge, ils sont capables de se transformer en démons, et à cinquante ans, ils se métamorphosent en jeunes filles ensorcelant les hommes avec leurs tours de magie. À mille ans d'âge, les renards, les zibelines et les hermines ont neuf queues, *jiuwei* ; leur puissance est alors démultipliée. C'est pourquoi, pour se concilier leurs bonnes grâces, les humains leur offrent des sacrifices rituels, sur des petits autels placés au bord des chemins.

L'animal s'est approché. C'est un renard.

Pousse de Bambou n'y tient plus : il va vers le renard aux mille vies. Il court dans l'espoir d'apercevoir ses neuf queues.

Mais dès que l'animal décèle sa présence, il repart plus loin vers le large de la mer du Nord, là où la glace est moins épaisse, puisqu'elle finit par se transformer en une soupe verdâtre, comme la pierre de jade des monts Tianshan, cette chaîne de montagne dont on dit qu'elle n'est pas loin du Toit du monde...

Le renard, bien plus petit et plus léger, ne court aucun danger ; lui-même, en revanche, s'il continue à avancer, risque d'être englouti par les eaux glacées.

Souvent, il vaut mieux être léger et agile que fort et empâté...

Comme le pinceau du calligraphe !

Pousse de Bambou retourne vers la berge, davantage rassuré sur son sort qu'il ne l'était lorsqu'il est arrivé, quelques minutes plus tôt, au bord de la mer du Nord.

Car il est sûr, désormais, qu'il ira vers son destin.

Il sera lui aussi un renard aux mille vies. Un être qui virevolte et qui se joue de tous les malheurs. Un animal indestructible.

Eh oui ! Il sera un maître calligraphe au style léger et agile.

Tout bâtard qu'il est, il sera capable de décrire, en trois phrases et en deux expressions, la splendeur et le calme de cette vaste étendue de glace.

Écrire, c'est traduire la splendeur du monde, pour mieux la raconter...

5

Pousse de Bambou s'en veut de ne pas avoir calligraphié le livre *L'Herbier pour la survie en cas de famine*, car il lui serait bien utile aujourd'hui de le connaître par cœur.

Le *Jihuang Bencao* a été écrit par Zhu Xiao, le cinquième enfant du fondateur de la dynastie des Ming ; il recense quatre cent quatorze espèces de plantes comestibles qui poussent dans les rigoles et les terrains vagues, et qui sont susceptibles de calmer la faim et de prolonger la vie de celui qui ne peut plus se nourrir normalement.

Même si maître Liu, compte tenu de sa condition sociale, a peu de chance d'en faire usage, le célèbre manuel de survie trône en bonne place dans sa bibliothèque. Mais Pousse de Bambou s'est contenté de le feuilleter.

Cela fait trois jours, à présent, qu'il erre dans Pékin, dormant dans les pagodes avec les mendiants. Et les informations contenues dans le *Jiuhuang Bencao* lui font cruellement défaut.

À deux reprises, une vieille femme a accepté de lui donner un bol de « repas de famine », en réalité la soupe que les plus pauvres – faute de mieux – se contentent de manger, faite d'un mélange de tiges de sorgho et d'écorce de bouleau, bouillie additionnée de quelques grains de blé et de maïs non-décortiqués, mais cela n'empêche pas Pousse de Bambou d'avoir l'estomac dans les talons.

Maître Liu, c'est sûr, le fera bastonner et l'accablera d'injures dès qu'il se représentera chez lui ; du coup, le bâtard retarde cette échéance, tout en se disant qu'elle est inéluctable.

L'esprit vide – tout autant que l'estomac – il a l'impression que ses pas, désormais, ne le mènent nulle part.

Tourner en rond : c'est ce qu'il fait, au lieu d'aller droit. En bon calligraphe, il sait que les cercles enferment ; c'est la raison pour laquelle le cercle n'est jamais utilisé pour dessiner les *hanzi ;* et, comme un benêt, voilà qu'il s'est lui-même laissé enfermer dans son errance. Il se voit rentrer bredouille et penaud, sous les sarcasmes de maître Liu qui le lui fera payer au prix fort.

Jusqu'où va-t-il ainsi errer en cercle ?

Mais soudain – ô miracle ! – il aperçoit un immense caractère *tao*[1].

Le *tao*, la « Voie », semble l'appeler !

Cette présence est une invite pour Pousse de Bambou, dont l'œil a été attiré par cet idéogramme initiatique qu'il a recopié des milliers de fois en essayant de comprendre sa signification.

Persuadé que le dieu de la Chance, *Caishen*, celui qu'on invoque pour tirer le bon numéro ou la bonne carte aux jeux de hasard, lui a porté chance, il se met donc à courir vers l'immeuble. Sa vaste façade est recouverte par une énorme enseigne de planches où a été peint en rouge le caractère « *tao* », sur un fond blanc et noir où figurent les symboles entremêlés du yin et du yang.

Sûr de lui, il fonce droit.

Devant le bâtiment, se tient un homme vêtu d'une longue robe de moire de soie noire, tout juste égayée d'un collier d'or.

— Entrez, entrez braves gens… crie-t-il à la foule qui se presse autour de lui.

Il porte le bonnet des prêtres taoïstes. À ses côtés, une danseuse à la robe très moulante se déhanche lascivement. Tout autour, les badauds

1. Le *tao* est le principe d'ordre antinomique qui structure la pensée chinoise.

font cercle. La foule est comme aimantée par la fille.

— J'ai les meilleures pilules d'immortalité ! Une pièce de bronze l'unité. Vite ! Bientôt je n'en aurai plus ! Le stock est en voie d'épuisement… Profitez de la promotion du jour ! poursuit l'homme en noir, qui s'exprime comme un vulgaire marchand de citrouilles.

— Puis-je voir à l'intérieur ? hasarde en tremblant Pousse de Bambou.

Partagé entre la terreur et la curiosité, il n'a jamais eu l'occasion de pénétrer dans un temple du *tao* et brûle de savoir de quoi il retourne, tant les légendes pullulent sur la façon dont ces bâtiments sont agencés.

Les uns prétendent que ces temples abritent des sorcières médiums qui mangent les enfants ; d'autres assurent que leurs murs ruissellent de poison ; d'autres encore assurent que dans les chambres, sous les lits, d'abominables fantômes démons guettent les visiteurs…

Il faut préciser qu'en bon confucéen, maître Liu n'est pas avare de quolibets et d'exagération lorsqu'il parle des pratiques taoïstes, qu'il assimile à de la sorcellerie pure et simple.

— Fong Divine Clarté ne refuse jamais à un jeune garçon de visiter sa demeure, lui répond l'homme en noir, hilare.

— Vous vous appelez maître Fong Divine Clarté ? lui demande le bâtard, rassuré par son ton enjôleur.

— Puisque je te le dis ! Entre donc par là… s'écrie Divine Clarté en lui indiquant la porte grande ouverte, sous le porche.

Une fois à l'intérieur, Pousse de Bambou en a le souffle coupé. Les pièces aux plafonds à caissons de bois doré se succèdent en enfilade, comme ce doit être le cas au Palais impérial, selon les dires de maître Liu. À leurs murs, pendent des tentures précieuses vivement colorées, belles comme des ailes d'oiseau Phénix.

— Que sont, monsieur, ces belles peintures qui ornent les murs de cette auguste demeure ? demande Pousse de Bambou au prêtre taoïste.

— Il faut m'appeler maître Fong Divine Clarté !

— Maître Fong Divine Clarté…

— Elles représentent les âmes quittant les corps des vivants pour rejoindre les nuées du ciel. L'homme qui a fait construire ce palais, un des grands ministres de l'empereur Chenghua, était persuadé que ces peintures avaient un effet bénéfique sur les âmes des morts.

— C'est quoi, maître Fong Divine Clarté, une âme ?

— As-tu seulement entendu parler du *Qi*, mon garçon ? s'enquiert alors le prêtre, sur un ton quelque peu apitoyé.

— Qui n'a pas entendu parler du « Souffle » ! lâche Pousse de Bambou.

Comment oserait-il avouer à son interlocuteur que maître Liu, en bon confucéen, ne croit pas au *Qi* ? Les confucéens sont méfiants – pour ne pas dire viscéralement hostiles – à tout ce qui relève du *tao* ; ils ne croient ni aux souffles ni au concept « Eau-Vent[1] » ; ils croient que la vie s'achève après la mort, et que les âmes des ancêtres stationnent tranquillement dans les autels qui leur sont réservés, dans les arrière-cours des maisons ou au bord des chemins.

— Tu as bien raison, mon garçon. Sans le *Qi*, nous ne serions rien d'autre que des cailloux ou encore des morceaux de bois sec… Eh bien, une âme, ça ressemble beaucoup au *Qi*. Une âme n'a pas d'épaisseur ni de forme ; une âme est un nuage d'énergie ! Sais-tu qu'ici, j'apprends à démultiplier le *Qi*, à allonger le Souffle comme le pêcheur de carpes étire peu à peu son filet, jusqu'alors entassé dans sa barque, en le déposant dans l'eau… expli-

1. Il s'agit du feng shui.

que maître Fong Divine Clarté, de plus en plus lyrique.

— J'aimerais pouvoir le faire moi aussi, cette démultiplication du *Qi* ! Je serais si content de pouvoir contempler un nuage d'énergie… J'aime tant dessiner des nuages, avec un large pinceau saturé d'eau, sur un papier capable de bien l'absorber !

— Tu aimerais être initié à la pratique du Q*i* ?

— Ô combien maître Divine Clarté !

— Viens donc par ici, que je te montre comment on procède… murmure le maître, touché par tant de candeur et de simplicité.

Le taoïste emmène Pousse de Bambou tout au fond d'un immense couloir sombre, vers une porte surmontée d'un écriteau sur lequel est indiqué « Grotte précieuse ».

— Grotte précieuse, c'est quoi monsieur Fong Divine Clarté ?

Ce dernier part d'un grand éclat de rire tout en le poussant à l'intérieur de la Grotte précieuse.

— Tel est le nom que je donne à ma cuisine… ou plutôt à mon laboratoire alchimique !

— Ce qu'elle est grande, votre précieuse cuisine, maître Fong Divine Clarté, s'écrie le jeune garçon.

Dans la salle voûtée à l'atmosphère à la fois studieuse et enfumée, une dizaine d'acolytes de Divine Clarté s'affairent devant des braseros de bronze, au-dessus desquels ils se penchent avec autant de concentration que les bons élèves calligraphes de maître Liu lorsqu'ils sont face à leurs feuilles blanches.

— La Grotte précieuse est mon laboratoire. C'est là que j'élabore les pilules d'immortalité qui font la renommée de cette maison… explique doctement l'homme en noir.

Le bâtard écarquille les yeux. Depuis le temps qu'il entend sa mère parler des pilules d'immortalité, il a toujours rêvé d'en tenir une dans le creux de sa main… La seule fois où il a demandé à maître Liu s'il connaissait le magasin où on pouvait en acheter, ce dernier lui a asséné une calotte : les confucéens de stricte obédience, à l'instar du calligraphe, ne croient pas à l'existence de tels remèdes.

— Ces pilules, maître Fong Divine Clarté, quelle est leur recette ?

— C'est un secret ! La seule chose que je peux te dire, c'est qu'elle combine le « cinabre mâle », *yangdan*, au « cinabre femelle », *yindan* !

— J'ignorais que le cinabre pouvait être mâle ou femelle ! souffle Pousse de Bambou, estomaqué.

— Il te reste encore beaucoup à apprendre… Le nom de « cinabre femelle » recouvre en fait les céréales alimentaires, et les exercices respiratoires appropriés, sans lesquels le *yangdan* ne diffuse pas la totalité de son énergie dans le corps humain.

Un sifflement se fait entendre. L'un des alchimistes de Fong Divine Clarté vient de jeter une bille de plomb en fusion dans un petit bol d'eau froide additionnée d'une pincée de sel, provoquant la diffusion d'un petit nuage de vapeur âcre.

Dès que celui-ci s'est dissipé, les acolytes font cercle autour de maître Fong Divine Clarté.

— Que les Huit Immortels Baxian nous envoient leurs bienfaits ! s'écrie ce dernier à huit reprises.

— Je ne connais pas ces Huit Immortels… murmure Pousse de Bambou, médusé par la scène, une fois le prêtre revenu à ses côtés.

— Li Hanzhong est celui qui porte un éventail et peut ressusciter les morts ; Lü Dongbin est le plus important des huit, toujours muni d'un grand sabre, il protège des démons et des maladies pernicieuses ; Zhang Guolao, le magicien, va toujours assis à l'envers sur son âne pliable comme une feuille de papier ; Lan Caihe le vagabond, joueur de flûte, est le patron des musiciens ; Han Xiangzi fait pousser les fleurs et les plantes ; Cao

Guojiu est un dignitaire de la cour impériale qui eut le courage de tout abandonner pour se faire moine ; Li Tieguai est un mendiant qui s'appuie sur une béquille de fer et tient une gourde : il protège aussi les pharmaciens.

Le ton de Fong Divine Clarté est bienveillant.

— Tu ne m'en as cité que sept…

— Le numéro huit est une femme : He Xiangu, reconnaissable à l'immense fleur de lotus accrochée à son épaule…

Divine Clarté va déposer une pincée d'encens sur l'un des braseros et invite chacun à se pencher dessus.

Puis il se met à respirer les fumerolles à pleins poumons.

— À quoi sert ce rituel ? s'enquiert Pousse de Bambou auprès d'un acolyte.

— Divine Clarté supplie les Huit Immortels Baxian de protéger l'atelier. Il y va de la qualité de nos pilules… Vas-y ! Maître Fong Divine Clarté te fait signe !

— Cette odeur est si forte ! Je crains de tousser !

Il a si peur de ne pas supporter la fumée d'encens qu'il ne peut s'empêcher de faire un pas en arrière.

— Viens ici ! s'écrie alors d'un ton ferme le prêtre taoïste à l'adresse du jeune garçon, qui n'a pas d'autre choix que de venir se pencher à son tour au-dessus du petit foyer.

Pousse de Bambou s'exécute donc tout en s'efforçant de retenir son souffle.

— Tu dois respirer à fond ! ajoute Divine Clarté.

Le bâtard lâche prise et manque défaillir au moment où les particules d'encens pénètrent dans ses poumons.

Mais où est donc passé mon *Qi* ? se demande-t-il, penaud comme un enfant pris en faute.

Ses forces l'abandonnent ; le sol se dérobe et les murs se fendillent ; maudit rituel qui risque de mal tourner.

Que faire ?

Invoquer les Huit Immortels pour continuer à tenir debout ; car tomber là, devant tous ces hommes en plein cérémonial, serait humiliant, déjà qu'il s'entend tousser comme un enfant malade… Lü Dongbin, toi qui guéris le corps de tous ses maux, viens à mon secours, je t'en supplie ! Heureusement, le brasero a cessé de répandre sa fumée dans l'atmosphère qui, du coup, devient un peu plus respirable. Les minutes qui suivent lui permettent de retrouver ses esprits, tandis que maître Fong Divine Clarté lève la séance.

À présent, chacun vient lui baiser les mains. Pousse de Bambou, tiré devant le prêtre par un des acolytes, se plie au rituel, comme les autres. Il se retient une fois de plus : les mains de Divine Clarté empestent l'odeur alchimique, qui a déjà failli l'abattre comme un oiseau en plein vol atteint par la flèche du chasseur.

— Tu as l'air d'avoir faim, lui dit le prêtre, c'est l'heure d'aller dîner.

Et dans la Grotte précieuse, où les alchimistes façonnent la pilule capable de faire vivre les hommes dix mille ans, Pousse de Bambou, les jambes à nouveau en coton, s'entend dire, d'une voix mourante :

— Oui, j'ai même très faim, maître Fong Divine Clarté…

Avant de s'effondrer dans ses bras.

L'enfant ouvre un œil et s'aperçoit qu'il est affalé sur une couche.

Il se redresse, ne reconnaissant pas le lieu où il se trouve, et dans lequel règne une odeur suffocante de sueur et de crasse qui le prend à la gorge.

Autour de lui, sur d'autres lits étroits, des hommes ronflent, qui doivent se laver à peine une fois par an.

Il reconnaît sans peine certains acolytes de maître Fong Divine Clarté.

Maintenant, des souvenirs de la soirée de la veille lui reviennent peu à peu. Il a dormi comme un loir, à l'issue d'un dîner très copieux arrosé d'alcool de sorgho. C'est la première fois qu'il goûtait à ce breuvage, qui vous laisse la gorge en feu, tout en vous procurant une douce sensation d'euphorie et de confort.

L'alcool est une drogue efficace. Aussi efficace que les champignons noirs que maître Liu verse toujours dans sa soupe. Lorsqu'il était plus jeune, Pousse de Bambou en a goûté et, à peine la première gorgée avalée, la tête a commencé à lui tourner au point qu'il a été obligé de s'asseoir.

Avant de goûter au sorgho fermenté, le jeune garçon s'était tellement empiffré d'œufs de cane bouillis dans du thé, et de soupe aux lentilles et au jarret de porc, que les acolytes ont dû le porter jusqu'au dortoir commun, où il s'est endormi comme une masse à peine a-t-il été posé sur son lit…

Soudain, une cloche retentit, qui le sort de ses pensées.

En un instant, tous les dormeurs se lèvent, l'obligeant à faire de même.

— Il faut se rendre dans la cour… C'est l'heure des exercices respiratoires, lui explique l'un des hommes du dortoir.

Au milieu de la cour carrée autour de laquelle le palais de maître Fong Divine Clarté est construit, tel un œil de dragon, un bassin parfaitement circulaire a été creusé ; il est ourlé d'une élégante margelle de marbre gris.

— Bonjour Pousse de Bambou ! As-tu bien mangé et dormi ? lui demande le prêtre taoïste.

Il est assis par terre, au bord de l'eau, et émiette du pain cuit à la vapeur, destiné à trois grosses carpes dont les bouches grandes ouvertes affleurent à la surface.

— Ma foi, très bien. Tant pour ce qui concerne la bouche que le dos… maître Fong Divine Clarté !

— Ici, la journée commence toujours par des exercices physiques en plein air. C'est une bonne façon d'avoir les idées claires. Il suffit de faire comme moi !

— On m'a déjà averti. Je sais que respirer à fond permet d'accumuler des réserves de *Qi*, glisse le garçon d'un air entendu.

— Tu en sais des choses…

— Pour devenir calligraphe, on doit être capable d'accumuler assez de *Qi* pour maîtriser parfaitement ses gestes. J'en ai fait moi-même l'expérience… Même si maître Liu prétend que le *Qi* est une foutaise de taoïste.

— Tu sais calligraphier ?

— J'apprends... On ne connaît jamais à fond l'art de calligraphier ! Il faut dix mille vies pour posséder les milliers de *hanzi* décrits par l'ineffable empereur jaune... murmure le bâtard en frissonnant.

— Combien de *hanzi* maîtrises-tu ?

— Trois mille huit cent quarante-neuf... À raison d'une dizaine par jour, depuis que maître Liu m'enseigne à dessiner, c'est ce à quoi je suis arrivé.

— Mais c'est énorme ! À l'issue de la séance de gymnastique respiratoire, tu vas me montrer ça. J'ai hâte de te voir à l'œuvre ! s'écrie le prêtre dont l'enthousiasme ne paraît pas feint.

Une heure plus tard, après un repas taoïste exclusivement composé de céréales, c'est d'un trait et presque sans lever le poignet que le jeune garçon aligne les *hanzi* d'un poème de la dynastie des Tang, sur la feuille blanche que Divine Clarté vient de mettre sous ses yeux.

— Tu es déjà un vrai maître calligraphe ! Mais quel âge as-tu donc ? s'écrie ce dernier, médusé par la maestria dont fait preuve Pousse de Bambou.

— J'ai dix ans et cela fait un peu plus de cinq ans que je m'efforce de suivre au mot près les conseils du maître calligraphe Liu, dit aussi « Plein-Vide »...

— Tu dois être un de ses meilleurs élèves ! Je n'ai jamais lu de si jolis *hanzi*.

— C'est à lui qu'il faut le demander… répond, mâchoires serrées, Pousse de Bambou, auquel cette remarque fait soudain repenser à l'injustice de sa condition de bâtard.

Le test dure deux bonnes heures, au cours desquelles l'élève de maître Liu montre au prêtre taoïste de quoi il est capable, en alignant à la file pas moins de huit styles différents d'écriture.

— Je vois ta compétence. Elle est grande ! Tu maîtrises parfaitement ton sujet, conclut Divine Clarté au moment où le pinceau de Pousse de Bambou s'envole pour la dernière fois de la feuille, en y laissant une trace élégante qui s'achève par une pointe effilée comme le bec d'un petit oiseau des marais.

— Merci pour ces compliments dont je ne suis pas digne, maître Fong Divine Clarté, répond le garçonnet, qui ne sait toujours pas où le taoïste veut en venir.

— J'ai besoin d'un assistant. Veux-tu rester ici ? Je t'offre le gîte et le couvert. En même temps, je te formerai à la pratique de l'art du *tao*. Tu apprendras à faire naître l'or de la terre par condensation des flux éthérés. Tu dicteras leur loi aux couleurs des choses et aux choses des couleurs. Tu soumettras les matières à ton bon vouloir, en les faisant glisser du yin au yang. Du cinabre rouge sang, tu pourras aller jusqu'à la blancheur du lait cosmique[1]. Tu seras le maître de la matière et des flux d'énergie !

Plus Divine Clarté parle, et plus il s'exalte. Dominer la matière doit être au moins aussi excitant que dominer les *hanzi*, ne peut s'empêcher de se dire Pousse de Bambou.

— C'est trop beau ! En fait, je ne connais rien à l'alchimie. Mon maître calligraphe n'invoque jamais le vieil enfant Laozi[2] mais toujours maître Kong[3] !

— Je suis sûr que tu seras capable de transformer la matière yin en matière yang… Et puis tu apprendras la calligraphie à Feutrine Soyeuse ! lâche le taoïste, avant de planter là Pousse de Bambou, qui n'en revient pas, et n'a même pas le temps de demander au taoïste qui est Feutrine Soyeuse.

C'est un bien joli nom.

À présent, le bâtard est seul. Les carpes ouvrent leurs bouches mais il n'a rien à leur donner.

---

1. Ces termes sont empruntés au langage usuel des alchimistes taoïstes.
2. Laozi, fondateur du taoïsme.
3. Il s'agit de Confucius.

Feutrine Soyeuse va devenir son élève. N'y a-t-il pas là de quoi être fier ?

C'est en raison de ses qualités calligraphiques que maître Fong Divine Clarté fait appel à lui, comme s'il était déjà un vieux professeur en pleine possession de ses moyens.

Son calcul visant à compenser sa bâtardise par la calligraphie se révèle plus que juste.

Il respire, satisfait de lui.

Il inspire et expire à fond.

Il se sent rempli de *Qi* comme s'il était un vase rituel *hu*[1] plein à ras bord d'alcool de millet.

Écrire est une grande chance !

---

1. Forme de vase archaïque.

6

La pièce où Divine Clarté l'a fait entrer est chauffée par un feu qui crépite dans une immense cheminée.

Une toute jeune fille le dévisage.

Elle est jolie dans sa belle robe de soie verte brodée de plumes d'oiseaux Phénix ; elle lui fait penser à Jasmin Éthéré, peut-être en un peu plus espiègle. Son sourire en coin dégage un je-ne-sais-quoi d'effronté, tandis que dans ses yeux en amande brûle le feu de l'énergie.

La petite, assurément, se sait très gracieuse et en joue déjà bien.

Pousse de Bambou se sent fondre, lorsqu'elle s'approche de lui pour lui prendre la main qu'il vient de lui tendre. Quand sa peau frôle la sienne pour la première fois, le bâtard ressent un drôle de picotement à la base de son sexe. La sensation douce et excitante s'amplifie.

— Fong Divine Clarté est mon père, et je m'appelle Feutrine Soyeuse… dit la jeune fille. Mon père souhaite que tu m'apprennes à dessiner les *hanzi*. Il dit que tu es un bon calligraphe.

Le bâtard se sent rosir. Sa mère lui a toujours expliqué qu'il était convenable de baisser les yeux lorsqu'on recevait un compliment. Pourtant, il fixe intensément le regard de Feutrine Soyeuse.

— As-tu un pinceau, du papier… bredouille-t-il.

— Rien de tout ça… mais je vais en demander à mon père. Suis-moi. Je sais où il est !

Elle lui tend une main, chaude et douce.

Les deux enfants se rendent dans la Grotte précieuse, auprès de Divine Clarté ; comme à l'accoutumée, lorsqu'il n'apprend pas à de nouvelles recrues les exercices respiratoires qui permettent l'amélioration du *Qi*, ce dernier y donne ses directives à ses acolytes.

Il s'agit de fabriquer la plus grande quantité possible de pilules d'immortalité, car c'est leur vente qui assure l'essentiel des revenus de l'école de Fong Divine Clarté.

— Père, il nous faudrait un pinceau et des feuilles ! Sans cela Pousse de Bambou ne pourra rien m'apprendre de valable, ainsi que tu le souhaites… s'écrie Feutrine Soyeuse, en rompant le silence absolu dans lequel se déroule la confection du médicament de longévité.

— Et si possible, il faudrait aussi de l'encre… et une pierre pour l'étendre avec de l'eau, ajoute Pousse de Bambou.

Les acolytes tournent leurs yeux vers le maître ; ils ont l'air de craindre sa colère. Le taoïste déteste être dérangé pendant son travail. Mais il ne refuse jamais rien à sa fille.

— J'ai ce qu'il faut dans cette armoire ! Il y a là quantité d'emballages qui feront sûrement l'affaire, dit-il, avant de plonger la main dans un placard d'où il sort des feuilles de papier collées les unes aux autres par l'humidité et la mousse.

— Maître Fong Divine Clarté, je serais bien en peine de dessiner correctement un seul *hanzi* sur du papier aussi dégradé !

— C'est que, ici, je n'ai rien d'autre… lâche le maître, agacé.

— Ce papier suffit amplement pour empaqueter les pilules. Cela évite aux clients de les abîmer !

— Nos pilules sont efficaces mais très fragiles… renchérit un acolyte, soucieux de faire du zèle.

— Dommage ! Faute de papier, je ne sais pas écrire ! Un calligraphe sans papier, c'est comme un oiseau sans ailes !, s'exclame le jeune garçon, déçu de ne pouvoir faire la démonstration de sa virtuosité.

— Écoute, petit : tout bien réfléchi, je me demande si le mieux ne serait pas que nous nous rendions ensemble chez Liu le calligraphe… Là-bas, je suis sûr qu'il y a tout le papier nécessaire, déclare alors Divine Clarté.

À ces mots, le visage de Pousse de Bambou se décompose.

— Qu'est-ce qui te prend ? Tu as l'air liquéfié à l'idée de revenir chez maître Liu ! s'exclame le prêtre du *tao*.

Feutrine Soyeuse ouvre tout grand ses jolis yeux, comme si elle partageait l'émotion de son nouveau petit camarade.

— C'est que… j'ai très peur de me faire battre, si je reviens chez mon maître, après tout ce que je lui ai fait… gémit ce dernier avant d'éclater en sanglots.

— Tu l'as volé ? Tu as fait brûler du papier à écrire en cachette ?

— Non ! Non !

— Mais alors pourquoi es-tu si bouleversé ? Tu as l'air d'un oiseau tombé du nid !

— Je me suis enfui de chez lui sans prévenir quiconque… Pas plus ma mère que mon maître, souffle Pousse de Bambou, qui se sent soudain mourir de honte.

— Si ce n'est que ça, ce n'est pas la mer à boire... Je me charge de te ramener chez ton maître calligraphe ; ce sera l'occasion de lui présenter Feutrine Soyeuse. Après tout, si je veux en faire une bonne lettrée, le plus efficace est encore que je l'inscrive dans une école...

— Celle de maître Liu est l'une des plus cotées de la capitale... murmure Pousse de Bambou.

Fort décontenancé, et quelque peu déçu par la tournure des événements, lui qui se voyait déjà passer de longues heures en tête à tête avec la fille de maître Fong Divine Clarté, l'apprenti calligraphe serre les dents ; il n'y a rien de tel que l'orgueil, pour faire bonne figure et ne rien laisser transparaître de ses tourments, quand on est contrarié...

— Je n'en doute pas !

— Maître Liu reçoit des dizaines de clients chaque jour.

— Cela fait des mois que je cherche un bon professeur pour Feutrine Soyeuse. Lorsque je vois ce dont tu es capable, j'en déduis que ce maître Liu doit être un excellent pédagogue, poursuit le taoïste sans se rendre compte qu'il est en train d'enfoncer un peu plus profond le couteau dans une plaie déjà à vif…

Autour d'eux, dans la Grotte précieuse, les acolytes ont formé un cercle. Pousse de Bambou devine, à leurs mimiques, qu'ils sont fort surpris d'apprendre que leur maître a décidé de faire, de sa fille unique, une experte en calligraphie.

— Ne nous as-tu pas expliqué, un jour, que l'écriture des *hanzi* ne servait strictement à rien ? ose l'un d'eux.

— Ma fille n'a pas vocation à devenir un prêtre taoïste ! Cette fonction, d'ailleurs, est réservée aux hommes. Un père a le devoir d'assurer un avenir à ses enfants ! Si Feutrine Soyeuse en est capable, elle pourra devenir une bonne archiviste d'État. Il n'y a pas de sot métier ! rétorque aussitôt Fong Divine Clarté.

— Pourquoi ne pourrait-elle pas fabriquer, elle aussi, des pilules d'immortalité ? La souveraine des Nuées d'Azur en est capable… souffle d'un air niais l'acolyte plus disert que les autres, comme s'il n'était guère convaincu par les arguments du prêtre.

— Ma fille n'est pas une déesse, que je sache ! Seul un père est à même de juger ce qu'il est en droit de prévoir pour ses enfants ! lâche ce dernier, courroucé, non sans foudroyer du regard l'importun, qui n'a d'autre choix que de baisser les yeux.

Avec maître Fong Divine Clarté, un acolyte ne discute pas.

Le prêtre taoïste fait sortir les enfants de la Grotte précieuse.

— Père, quand irons-nous trouver ce maître calligraphe ? demande Feutrine Soyeuse, une fois dehors.

— Dès que possible !

Pousse de Bambou sent ses jambes mollir. Après ces quelques jours d'errance, l'heure de vérité va sonner. Il sent déjà, sur son épaule, la brûlure de la canne de bambou avec laquelle, d'un coup sec, maître Liu corrige ses mauvais élèves lorsqu'ils sont très dissipés.

Il regarde l'eau du bassin. Verte et vide. Les carpes doivent être tapies au fond de la vase.

C'est mauvais signe.

Il n'est qu'un pauvre chien de retour à la niche, un vulgaire bâtard calligraphe condamné à le demeurer…

7

Le retour à la niche a été encore plus pénible que prévu. Les chiens errants sont toujours frappés par leurs maîtres lorsqu'ils rentrent chez eux affamés et couverts de morsures, après s'être battus avec des dogues bien plus féroces qu'eux.

— Je vous en supplie, maître Liu, il faut pardonner à Pousse de Bambou ! Il ne recommencera pas... J'en prends l'engagement ! gémit, à genoux et le visage ravagé par l'angoisse et les pleurs, la mère de Pousse de Bambou.

Le maître calligraphe Liu est toujours aussi furieux ; il garde sa tête des mauvais jours et le jeune garçon, qui a passé une nuit blanche, ne se fait aucune illusion sur la nouvelle correction qui l'attend assurément.

— Oui, père ! Il faut lui pardonner ! s'écrie de son côté Jasmin Éthéré, ce qui lui vaut la violente réplique de son père encore plus irrité par la façon dont elle essaie de s'interposer :

— Toi, mêle-toi de ce qui te regarde, s'il te plaît ! Chez les Plein-Vide, les enfants ne s'adressent à leurs parents que lorsqu'ils y sont expressément autorisés.

Depuis la veille, les sarcasmes n'ont pas cessé à s'abattre sur la pauvre tête de Pousse de Bambou, en même temps que, sur son dos, la fameuse canne du maître.

En fin d'après-midi, Pousse de Bambou, tremblant comme un animal pris au piège par le chasseur, s'est retrouvé devant maître Liu, auquel Fong Divine Clarté était venu confier l'éducation calligraphique de Feutrine Soyeuse.

Entre le prêtre alchimiste taoïste et le calligraphe confucéen – deux profils parfaitement antinomiques et aux destins rigoureusement opposés –, l'affaire a été conclue rapidement, vue la somme proposée par le taoïste, équivalant au double du prix normal réclamé à un élève pour une scolarité d'un an : une véritable aubaine pour maître Liu, qui a accepté sans se faire prier, et dont l'ire à l'encontre du fugueur a été sensiblement atténuée par cette rentrée d'argent inattendue.

À peine maître Fong Divine Clarté reparti chez lui, sous le regard quelque peu apeuré de Feutrine Soyeuse, maître Liu a administré une gifle magistrale à Pousse de Bambou, l'a frappé à trois reprises avec sa canne, avant de l'envoyer dans sa chambre, non sans l'avoir convoqué le lendemain à la première heure dans le palais des Beaux Caractères.

À présent, l'heure du rendez-vous a sonné.

— Va jouer dehors ! dit le maître calligraphe à Jasmin Éthéré.

La fillette obéit, les larmes aux yeux, et fait machine arrière, tandis que son frère Tambour de Bronze l'entraîne dans la cour. Là, les deux enfants tombent sur Feutrine Soyeuse, assise sur une marche.

— Ne serais-tu pas la nouvelle recrue de mon père ? lui demande Tambour de Bronze, avec un regard appuyé.

Le fils de maître Liu trouve décidément très joli ce nouveau minois ; il se plaît à en découvrir les traits fins, un peu comme s'il admirait une de ces peintures de paysage accrochées aux murs du bureau de son père, lorsqu'il veut honorer un ministre ou un visiteur de marque : de haut en bas et de la droite vers la gauche.

— En effet. Je suis inscrite aux cours de calligraphie, ainsi que l'a souhaité mon père Divine Clarté... Il a trouvé que Pousse de Bambou dessinait vraiment très bien les *hanzi*, répond la fillette, provoquant une grimace de la part de son interlocuteur, dont la jalousie envers le bâtard éclate au grand jour.

— C'est vrai que le pinceau de Pousse de Bambou a l'agilité de l'oiseau Corbeau rouge à trois pattes[1]... souffle Jasmin Éthéré, qui ne se rend pas compte de l'effet de ses paroles sur son frère Tambour de Bronze, dont le visage est à présent totalement décomposé.

La haine rend laid.

La figure de Tambour de Bronze a pris au moins dix ans. Il sait que le Corbeau rouge est l'oiseau le plus intelligent de l'univers, raison pour laquelle de nombreux marchands de remèdes proposent à des prix fous de minuscules morceaux de sa cervelle sur leurs étals...

Que le bâtard puisse être comparé au Corbeau rouge est un comble !

— Aimes-tu jouer à la balle, Feutrine Soyeuse ? finit-il par demander, histoire de garder un semblant de contenance.

— Beaucoup ! La balle est le symbole de la « perle lumineuse », *baozhu*, que les dragons et les chiens-lions ont coutume de tenir dans leur patte droite ; on l'appelle aussi « l'essence de la vie » ! s'exclame en

---

1. Le *yangwu* ou Corbeau rouge fut le symbole héraldique de la dynastie des Zhou (1100 avant J.-C.) ; l'animal, lié au Soleil, avait trois pattes, car le chiffre trois est l'emblème du *yang* dont le Soleil est l'ultime forme.

riant la fille de Fong Divine Clarté, dont l'enfance a été nourrie du *tao* et de ses concepts.

Tambour de Bronze extirpe de sa poche une petite balle remplie de coton et enveloppée de soie écarlate.

— Elle est jolie, ta balle... On dirait un cœur ! s'écrie Feutrine Soyeuse, ravie.

Et il la lui lance, comme si cette balle était une flèche... et son cœur une cible.

— Moi aussi je veux jouer avec vous ! réclame Pousse de Bambou en sortant à son tour du bureau.

Le bâtard, qui trouve de plus en plus séduisante la fille de maître Fong Divine Clarté, ne remarque pas le regard noir que lui jette Jasmin Éthéré, décidée à tout faire pour éliminer cette rivale.

La balle atterrit dans les mains de Pousse de Bambou, qui ne sait pas encore qu'il n'y a pas d'âge pour devenir jaloux. Ravi, il projette le petit cœur de soie vers le ciel, le plus haut possible. Son jet est si puissant que la balle retombe sur l'arête de tuiles vernissées du toit du palais des Beaux Caractères, juste à l'endroit où celle-ci remonte vers le haut pour former « la queue d'hirondelle », censée protéger les habitants de la maison des démons rôdeurs[1].

---

1. Expression chinoise désignant la forme du toit des maisons traditionnelles.

— Je savais bien que tu étais incapable de jouer correctement à la balle, siffle Tambour de Bronze, ravi d'humilier son camarade honni.

Le bâtard serre les poings.

Ah ! S'il savait manier la dague aussi bien que le pinceau... il transpercerait de bon cœur le malveillant. Il plongerait vers l'avant, comme un soldat au corps à corps, et planterait son arme dans le torse de son ennemi, en poussant le cri rauque qui permet d'expulser le *Qi* du corps en décuplant sa force. Puis il ne lui resterait qu'à convoquer céans un dragon puissant et agile, qu'il enfourcherait pour partir dans les nuées.

Mais il n'est pas soldat... pas plus qu'un mage capable de commander aux dragons qui peuplent les nuages et les sous-sols.

Il a choisi la voie du pinceau. Telle est son arme. On ne change pas d'arme au milieu du combat. Il est bâtard, mais calligraphe.

Écrire est un combat...

Écrire est son combat.

Et ce combat, il le livrera jusqu'à l'épuisement de son *Qi*.

DEUXIÈME PARTIE

8

Un jour de l'hiver 1514...

Dans la salle du palais des Beaux Caractères, dont les laques refaites de neuf, tels des miroirs en bronze poli, brillent à nouveau de mille feux, règne une atmosphère studieuse.

Pousse de Bambou et Feutrine Soyeuse sont debout face à face, comme chaque jour, de part et d'autre de la table à écrire. Leurs pierres à encre *yantai* sont posées l'une contre l'autre, comme si elles étaient le signe de leur évidente complicité.

Ils sont seuls.

— Tu as bien réussi ton coup... ce n'était pas évident... bravo ! s'écrie Pousse de Bambou.

— Tu aurais vu la tête du colonel correcteur lorsque je lui ai remis la feuille de composition... pouffe la jeune femme en agitant la tête, ce qui provoque un adorable tremblement de sa coiffure.

Elle a les cheveux très longs et libres, lisses et peignés comme la queue des chevaux de guerre.

— À ta place, j'aurais été mort de peur. S'ils t'avaient découverte, ton compte aurait été vite réglé, ma chérie... murmure le jeune homme en frissonnant.

— Heureusement qu'ils ne m'ont pas demandé d'ôter mon bonnet. Et puis, je les avais comprimé avec une large ceinture, souffle-t-elle en désignant ses seins.

— Les pauvres... Comme je les plains. Ils sont si doux au toucher ! Les oiseaux n'aiment pas rester longtemps en cage... roucoule sans vergogne Pousse de Bambou.

Cela fait à présent deux ans qu'ils sont amants et que leurs corps n'ont plus aucun secret l'un pour l'autre.

Sans avoir besoin de personne, ils se sont appris mutuellement les gestes de l'amour. Leur vocabulaire s'est enrichi d'expressions poétiques tirées des textes anciens – souvent à double sens –, qu'ils recopient à longueur de journée pour des clients fortunés et raffinés, et associent aux postures de plus en plus savantes auxquelles ils s'adonnent avec délectation sur le lit clos de la chambre de la jeune femme. C'est ainsi qu'au « loriot bat des ailes en se tenant droit et ferme face à l'arbre » correspond la caresse buccale, préalable à l'ouverture de « la grotte du bonheur, lorsque le renard malicieux frappe doucement à sa porte » ; lorsque « la cascade surgit de la montagne pour se jeter dans le petit lac bleu turquoise... », c'est que l'étreinte entre les deux amants va hélas s'achever ; quand « la vallée des roses s'éveille, au moment où les pétales des fleurs se couvrent des perles argentées de la rosée matinale... », c'est que les préliminaires amoureux de Pousse de Bambou ont déjà commencé à émouvoir Feutrine Soyeuse.

C'est ainsi que, de fil en aiguille, ou plutôt de Vallée des roses en Tige de jade, les amants calligraphes sont devenus les poètes de leurs propres corps.

Plus d'une fois, il est même arrivé au bâtard de prendre Feutrine Soyeuse à même cette table à écrire, lorsque tout le monde dormait, et que maître Liu les avait chargés de recopier un roman érotique entier pour les besoins d'un de ses riches clients qui exigeait d'être livré huit jours plus tard. Alors, ils n'avaient qu'à mettre en application ce qu'ils avaient écrit.

Depuis le temps, comme le *yin* et le *yang*, ils sont devenus complémentaires l'un de l'autre.

Et c'est quand ils s'unissent qu'il leur semble, à l'un comme à l'autre, exister le plus.

Pousse de Bambou a réussi à glisser une main dans le corsage de la jeune femme, dont les tétons durcissent sous ses doigts.

— Tu as eu un de ces culots ! Tu n'as vraiment peur de rien... ajoute-t-il en lui baisant le cou.

— Sais-tu que les poils de ce pinceau de loutre, que j'avais collés au dessus de ma bouche, ressemblaient à s'y méprendre à la moustache de Tambour de Bronze... poursuit, sans relever, Feutrine Soyeuse.

— Et dire que maître Liu continue à croire dur comme fer que son rejeton a réussi cet examen... soupire le bâtard.

— Ce n'est pas, en tout cas, Tambour de Bronze qui le démentira ! Tu devrais en être satisfait ! N'était-ce pas le but que nous recherchions ? lâche la jeune femme d'un ton sec.

— Heureusement que je t'ai, ma chérie... sinon, je changerais de point de vue, comme une branche se retourne au gré des tourbillons provoqués par les courants du fleuve ! convient Pousse de Bambou d'un ton sincère.

— À présent qu'il est devenu soldat, il faut souhaiter qu'il reste dans les armées le plus longtemps possible. Ainsi tu seras tranquille...

— Plaise à Confucius qu'il en soit ainsi !

— Je formule le même vœu auprès du Très Sage Laozi ! Que la Voie du *tao* retienne cet individu si loin de moi que son image même finisse par s'estomper dans mon esprit ! lâche la jeune femme en frissonnant.

C'est peut dire qu'elle le déteste, ce fils indigne du maître calligraphe, incapable de dessiner le moindre *hanzi* sans laisser sur la feuille une erreur grossière, mais que cette profonde incompétence n'empêche pas de lui faire une cour éhontée depuis le premier jour. Au cours des années qu'elle a passées au sein de l'école de maître Liu, il ne se sera pas passé une semaine sans qu'il essaie de l'embrasser, après l'avoir frôlée ou tripotée… Pas un jour sans qu'il ne l'étourdisse de compliments de plus en plus salaces au fur et à mesure qu'il s'enhardissait.

La perspective de fin de sa scolarité, à cet égard, aurait été une délivrance, si elle n'était pas tombée amoureuse de Pousse de Bambou ; car ce dernier, devenu l'adjoint de maître Liu, n'est désormais plus libre de ses mouvements, ce qui oblige la jeune femme à revenir au palais des Beaux Caractères pour le voir. Mais, à chacune de ses visites, Tambour de Bronze, persuadé que la jeune femme revient pour ses beaux yeux, en profite pour la harceler.

Et de façon de plus en plus insupportable, à la manière des mouches autour de la viande, sur les étals des bouchers…

Chasser cet importun de sa propre demeure n'avait pas été facile.

Lorsque maître Liu envisagea l'éventualité, pour son ignare de fils, de devenir calligraphe militaire, sans se rendre compte que celui-ci était incapable de réussir l'examen, les jeunes amants comprirent immédiatement tout le parti qu'ils pouvaient tirer d'un tel projet.

Ce jour-là, Feutrine Soyeuse, au bord du désespoir, se plaignait à nouveau du sort qui risquait d'être le sien, après avoir remarqué l'insistance avec laquelle maître Liu la dévisageait à chaque fois qu'elle allait retrouver Pousse de Bambou, prétextant qu'elle avait besoin d'un conseil pour écrire tel *hanzi* particulièrement rare :

— Même si mon père et maître Liu se mettent un jour d'accord sur mon dos, je n'accepterai jamais d'être mariée de force à ce porc !

— Le pire n'est jamais sûr, mon amour… murmura alors le bâtard, qui n'ignorait pas que Tambour de Bronze ne cessait de faire pression sur son père pour qu'il aille demander, ainsi que le veut l'usage entre les familles respectueuses des rites, la main de sa fille à Fong Divine Clarté.

— Je te trouve bien optimiste... Mon père s'est aperçu que le métier de calligraphe est bien plus lucratif que celui de prêtre taoïste alchimiste ! Il y a donc de fortes chances que Fong Divine Clarté saute sur une telle occasion et réponde à ce souhait sans la moindre objection.

— Cela fait deux fois que j'entends Maître Liu évoquer la carrière de calligraphe militaire pour son fils... Au début de leur carrière, ces fonctionnaires sont envoyés sur le front, bien au-delà du Grand Mur[1]...

— Le problème, c'est que les épreuves de calligraphie de ce concours, même s'il est réservé à des pistonnés du genre de Tambour de Bronze, paraissent hélas hors de sa portée. Il est si nul... Il est strictement incapable d'aligner correctement deux *hanzi* !

— Sur ce point je te suis... Mais nous pourrions trouver un moyen d'aider Tambour de Bronze à réussir ledit concours... Qu'en penses-tu ?

— Pousse de Bambou, décidément, rien ne t'arrête... Pas même l'impossible ! s'exclama la jeune femme, plutôt dépitée à l'idée de voir Tambour de Bronze revenir bredouille des épreuves, et

1. Expression par laquelle, dans la Chine des Ming, on désignait la Grande Muraille.

le harcèlement à son égard continuer de plus belle, avant de finir par une demande en mariage en bonne et due forme.

— J'ai une idée… même si elle peut te paraître osée.

— Dis toujours !

— L'un de nous deux pourrait aller passer les épreuves à sa place.

— Tu n'as peur de rien ! souffla la jeune femme.

— Je suis sûr que Tambour de Bronze acceptera la combine. Contrairement à son père, il ne doit se faire aucune illusion sur ses chances de réussite…

— Je vois ce qu'il me reste à faire ! Il faut que tu m'aides à ressembler à ce garçon.

— Tu serais donc prête à y aller ?

— De nous deux, c'est moi qui suis libre de mes allées et venues. Maître Liu ne te laisse plus sortir d'ici à ta guise… Comment ferais-tu pour lui expliquer que tu pars une journée entière ?

— Mais le *yin* sera-t-il à même de se transformer en *yang* ?

— Regarde un peu ! lâcha alors Feutrine Soyeuse en s'emparant de son pinceau en poils de loutre avant de le placer sous son nez, à l'horizontale, de telle sorte qu'elle paraissait porter la moustache.

— Tu ressembles à un très joli jeune homme !

— Du *yin*, je suis passée au *yang* sans problème !

— Les instruments du calligraphe ont des ressources insoupçonnées…

— Il nous reste à aller proposer l'affaire à Tambour de Bronze.

— Le plus tôt sera le mieux. Si j'en crois maître Liu, les épreuves auront lieu dans une dizaine de jours et se dérouleront du matin au soir, à la caserne centrale….

Ils avaient ri aux éclats comme deux farceurs ravis du bon tour qu'ils avaient concocté ; puis ils avaient fait l'amour à la sauvette, dans la réserve à papier ; et malgré l'inconfort de la situation, la jeune femme, au moment précis où son amant se répandait en elle, avait eu un bel orgasme.

Dès le lendemain, ils proposaient à Tambour de Bronze de l'aider. N'y flairant pas le moindre piège, le jeune homme accepta d'entrée de jeu, sans la moindre vergogne.

— Jurez-moi simplement que vous ne direz rien à mon auguste père… S'il était informé de nos manigances, il me hacherait menu, insista-t-il.

— Par Confucius, il n'en saura jamais rien ! lui promit Pousse de Bambou.

— Ton père n'aura pas à perdre la face… ajouta la jeune femme.

Les épreuves du concours, qui a eu lieu une semaine plus tôt, se sont déroulées sans le moindre problème.

Feutrine Soyeuse – dûment grimée en homme – a été reçue haut la main en lieu et place de Tambour de Bronze.

Les membres du jury n'y ont vu que du feu.

Comme prévu, Tambour de Bronze est entré dans le prestigieux corps des calligraphes militaires, fondé par l'Empereur jaune Qin Shihuangdi lorsqu'il décida de procéder à l'unification des systèmes calligraphiques en vigueur dans les royaumes pacifiés.

Aujourd'hui, c'est la première fois que les deux jeunes amants se revoient depuis l'exploit de Feutrine Soyeuse.

— Si tu savais comme j'ai hâte qu'il rejoigne son poste ! soupire la jeune femme.

Une ombre d'angoisse passe sur son beau visage.

Mais avant que Pousse de Bambou ait le temps de la réconforter, voilà que maître Liu et Tambour de Bronze font leur entrée à l'unisson dans le palais des Beaux Caractères.

Le maître calligraphe ressemble à un coq, tellement il est fier de l'exploit de son rejeton.

S'il savait !

— Cela tombe bien que vous soyez là… Pour une fois que mon fils se montre digne de son père, j'ai l'intention de fêter ça avec mes deux meilleurs élèves ! s'exclame le calligraphe, avant de déboucher la flasque de porcelaine bleue et blanche qu'il tient à la main.

Puis, d'un geste quelque peu théâtral, il tire de sa poche quatre minuscules tasses qu'il pose sur la table à écrire, dans un strict alignement. Une habitude de calligraphe. Les *hanzi* doivent toujours être disposés sur la feuille de papier comme s'ils étaient inscrits dans des carrés invisibles, mais parfaitement identiques.

— Dix mille ans de vie à Tambour de Bronze ! s'exclame-t-il, après avoir rempli les tasses avec l'alcool de riz contenu dans la gourde, et avant de les tendre à chacun des présents.

À peine entrée en contact avec les lèvres de Feutrine Soyeuse, la liqueur lui paraît si forte que la jeune femme manque de s'étouffer.

Elle a terriblement envie de tout recracher, mais parvient tant bien que mal à se contenir. Sa gorge est en feu mais elle fait face au fils de maître Liu en s'efforçant de sourire, tant que son père est présent dans la pièce. Un domestique, en livrée de tissu de coton noir gansé de rouge, se glisse au milieu d'eux ; l'homme chuchote quelques mots dans le creux de l'oreille du maître calligraphe.

— Bon ! Il faut que j'y aille… Le ministre des Travaux publics vient me voir. Il souhaite faire recopier la généalogie de sa famille. Un travail sans intérêt particulier mais plutôt bien payé. Vous avez le droit de finir ma gourde. Tambour de Bronze, tu es prié de ne pas abuser de l'alcool ! lâche-t-il en les plantant là, à peine sa tasse avalée.

Entre les jeunes gens et la jeune fille, la tournée commence.

Pousse de Bambou et Tambour de Bronze boivent de bon cœur, tandis que Feutrine Soyeuse, au bord de la syncope, s'abstient fût-ce de tremper ses lèvres. Elle s'accroche à la table, frotte sa pierre à encre sur sa pierre et, sans plus s'occuper du reste, se met à dessiner un poème.

Les grues fendent le ciel,
Dans la mare, la Lune se reflète,
O nuit tranquille, à peine troublée
Par les volatiles à la recherche
Des îles immortelles[1]

Tambour de Bronze, dont le tangage témoigne, s'il en est, de son ébriété avancée, arrache la feuille des mains de Feutrine Soyeuse pour constater que la jeune femme a utilisé des caractères cursifs, avant de la tendre, dépité, à Pousse de Bambou qui s'y penche à son tour.

---

1. Une légende taoïste chinoise extrêmement populaire raconte comment les fruits d'immortalité poussent sur les arbres de ces trois îles qui dérivent sur la mer de Chine.

— C'est bien écrit... De qui est-ce ? demande-t-il à la jeune femme.

— Devine un peu ?

Il se serre tout contre elle ; il respire à plein nez le délicat parfum à la fleur d'oranger dont elle asperge sa chevelure.

— Mais encore... lui souffle-t-il en faisant mine de l'embrasser.

— De moi, tiens donc !

Pousse de Bambou n'a pas le temps de la complimenter que Tambour de Bronze roule lourdement sur le sol.

Les deux jeunes gens se précipitent vers ce tas de déchéance humaine, qui se met instantanément à ronfler.

C'est peu dire que le bâtard, qui en profite pour embrasser furtivement son amante, tient beaucoup mieux l'alcool que le nouveau calligraphe militaire.

Au bout d'une demi-heure, que les amants – enfin tranquilles – ont mis à profit en se bécotant en tous sens, Tambour de Bronze se réveille.

Feutrine Soyeuse esquisse un mouvement de recul en respirant l'odeur fétide du fils de maître Liu, lorsque celui-ci lui murmure à l'oreille, d'une voix pâteuse, avant de partir se coucher :

— Je serai de retour dans deux mois… Je te le promets ma jolie carpe…

Jolie carpe ! C'en est trop pour Feutrine Soyeuse, qui serrerait volontiers jusqu'à l'étrangler le cou de ce grossier personnage.

Le serviteur s'approche alors de Pousse de Bambou pour lui signaler que maître Liu a besoin de lui pour la commande spéciale du ministre des Travaux publics. Le bâtard, qui sait qu'un tel ordre ne se discute pas, s'exécute et quitte le palais des Beaux Caractères.

Demeurée seule, Feutrine Soyeuse serre les poings et se met à penser très fort que le fils de maître Liu n'est vraiment qu'un fieffé imbécile, doublé d'un parfait crétin.

Sans le faire exprès, sa main effleure le bâtonnet à encre sur lequel sont moulées ses initiales. Le caractère « Feutrine » a déjà à moitié disparu. Dans moins d'une semaine, ce sera au tour de « Soyeuse » d'être dissous par l'eau versée sur le *yantai*.

Écrire, c'est aussi donner de sa personne.

Alors, elle appuie de toutes ses forces le bâtonnet sur la pierre, jusqu'à se faire mal aux extrémités des doigts de la main droite.

Demain sera meilleur, c'est sûr, à présent que Tambour de Bronze va partir sous les drapeaux.

Loin d'ici ; tout près du Grand Mur, là où finit l'empire du Centre ; là où commence le désert de sable ; là où les barbares élèvent les chevaux que l'empereur du Centre leur achète à n'importe quel prix.

9

— As-tu pris ta potion ? souffle Feutrine Soyeuse à Jasmin Éthéré, laquelle, affalée dans son fauteuil de rotin, n'arrête pas de se masser la main gauche ; les rayons du soleil lui paraissent insupportables.

Cela fait six mois que la fille de maître Liu se sent épuisée. À croire que son souffle *Qi* s'amenuise de jour en jour, tel une source d'eau vive tarie par les chaleurs de l'été. Elle qui n'aime rien tant qu'aller flâner sur les rives du lac de l'Ouest, quand il fait beau, ne peut plus faire trois pas sans être essoufflée. Sa mémoire ne cesse de flancher, au point qu'elle ne sait plus écrire correctement les *hanzi* qu'elle a appris. Désormais, sa main tremble lorsqu'elle tient le pinceau, et il lui est de plus en plus difficile de frotter sur la pierre *yantai* son bâtonnet d'encre sans le casser.

— Je deviens nulle en calligraphie… Bientôt, je serai aussi mauvaise que mon frère ! souffle-t-elle à son amie qui lui rend régulièrement visite depuis qu'elle est tombée malade. Heureusement que tu es là... Pour rien au monde je n'oublierais de boire ton breuvage ! ajoute Jasmin Éthéré, en montrant le bol dont elle vient d'avaler le contenu.

— Les pilules de mon père sont le meilleur fortifiant... Mélangées au thé vert, elle facilitent la digestion et orientent dans la bonne direction les flux énergétiques... Je suis sûre que tu vas guérir !

— Ce médicament me fait du bien !

Feutrine Soyeuse regarde ses pieds. Bientôt, son père demandera à une gouvernante de les bander, si bien qu'elle marchera avec difficulté. Bander leurs pieds revient en fait à confiner les femmes à l'intérieur de leur maison...

À ce moment précis, si son regard croisait celui de Jasmin Éthéré, celle-ci y verrait de la honte.

Ce que Feutrine Soyeuse ne dira jamais, et pour cause, à la fille de maître Liu, c'est que, depuis six mois, d'une main tremblante, elle émiette soigneusement dans son bol trois pilules de cinabre au lieu d'une...

Feutrine Soyeuse a souvent entendu son père expliquer qu'un abus de pilules d'immortalité produit souvent l'effet inverse de celui recherché.

Elle a trouvé ce moyen infaillible pour se débarrasser de cette dangereuse rivale...

Rompre tout lien entre Jasmin Éthéré et Pousse de Bambou afin d'avoir celui-ci pour elle toute seule : tel est le but qu'elle s'est assigné. Depuis des années, elle observe avec angoisse le déploiement de charme dont use sa rivale pour le séduire. Certes, elle est devenue sa maîtresse, et n'a jamais surpris l'ombre d'une complicité entre le bâtard calligraphe et la sœur de Tambour de Bronze. Mais Jasmin Éthéré, un soir, lui a confié qu'elle était amoureuse de Pousse de Bambou.

— Qu'en pense ton père ? a alors perfidement demandé Feutrine Soyeuse.

— Il est sûrement contre, bien sûr… mais peu m'importe ! J'attendrai le temps qu'il faut… Le Bouvier et la Tisserande, même s'ils étaient séparés par la Voie lactée, ont bien fini par se rejoindre[1].

— Tu parles sérieusement ?

— Pourquoi en douterais-tu ?

Elle n'en a pas douté une seule seconde. D'ailleurs, le ton de Jasmin Éthéré ne suffisait-il pas à prouver qu'elle irait jusqu'au bout ?

---

1. Selon une légende très populaire en Chine, l'étoile du Bouvier et celle de la Tisserande, quoique séparées par la Voie lactée, se rejoignent chaque année grâce à un pont lancé au-dessus de celle-ci.

Feutrine Soyeuse avait donc pris sa résolution. Elle devait absolument éliminer la fille de maître Liu, et les pilules d'immortalité étaient l'aubaine rêvée. D'ailleurs, depuis qu'elle s'arrange pour administrer à la malheureuse cette dose excessive d'oxyde de mercure et de plomb, elle constate avec satisfaction que le poison agit – certes lentement – mais très sûrement. Le visage de la fille du calligraphe est pâle comme une soupe de riz.

— Il faut finir la tasse... Tu n'as pas tout bu... conclut Feutrine Soyeuse, après avoir constaté qu'il reste, au fond du bol, un minuscule résidu de poudre rouge que la malade n'a pas avalé.

Docilement, celle-ci s'exécute en grimaçant. Le mélange dont sont faites les pilules d'immortalité est si amer, que Fong Divine Clarté préconise toujours à ses patients de les avaler d'un trait sans les mâcher ni même les toucher avec les dents. Mais elle n'en a que faire : elle est tellement épuisée !

— Je reviendrai te voir dans deux jours, pour prendre de tes nouvelles et te porter les médicaments ! lui lance Feutrine Soyeuse avant de s'éclipser.

Dans la cour de la maison de maître Liu, elle tombe nez à nez avec son amant.

— Tu es encore venue la voir... constate-t-il, attendri.

— Elle va si mal.... Et puis, si tu savais ce qu'elle a l'air contente de me voir...

Pour rien au monde elle ne dirait à son amant le but réel de ses visites à Jasmin Éthéré.

— C'est bien... tu es gentille.... Qu'est-ce que tu vas faire à présent ? lui souffle-t-il, brûlant d'envie de lui faire l'amour sur la table du palais des Beaux Caractères.

— J'ai promis à mon père d'être là pour dîner...

Lorsqu'elle vient verser le poison dans le bol de Jasmin Éthéré, Feutrine Soyeuse refuse systématiquement de s'attarder chez maître Liu.

— Dommage !

— Je reviendrai une autre fois... exprès pour toi ! Dès que le benêt aura rejoint le front, il cessera de me harceler. Cela rendra les choses plus faciles.

— Comme j'aimerais que ce soit vrai !

— Pourquoi en doutes-tu ?

— Je ne suis qu'un pauvre bâtard...

— Un calligraphe... et déjà très largement aussi doué que son maître !

— Tu es gentille...

— Je t'aime... Je t'aime ! lâche-t-elle avant de s'enfuir sans se retourner, de peur qu'il ne se rende compte que son visage est inondé de larmes.

10

Un soir de printemps de 1515…

Tout est donc à refaire !

— Comme promis, je suis devant toi, après deux mois… murmure, l'air plutôt gêné, Tambour de Bronze en se dandinant devant Feutrine Soyeuse.

La jeune femme s'est trouvée sur le point de défaillir lorsqu'elle a vu surgir celui qu'elle continue à haïr par tous les pores de sa peau. Elle était assise dans le boudoir, où elle passe la plupart de ses journées à compulser les Cinq Classiques et les Quatre Livres. À présent, elle manque de tomber à la renverse. Son bras heurte l'une des pierres du litophone de son père, laquelle émet la note *shang*, un fort mauvais présage.

Elle enrage : tout est à refaire, et c'est rageant au possible.

Tambour de Bronze respire à plein nez la vulgarité *su* ; à côté, le bâtard calligraphe est vraiment un modèle d'élégance *ya*[1]. Tambour de Bronze lui fait penser à ces vases de porcelaine mal confectionnés, qui émettent un son lugubre lorsqu'on les frappe avec l'index. Ou encore à une de ces peintures de paysage de type *shanshui*, montagnes et rivières, où le peintre aurait omis de tracer clairement les formes de la nature, ce qui la ferait ressembler au dessin des intestins du porc, lorsque le boucher, d'un coup d'épée, ouvre le ventre de l'animal dont la tripaille jaillit en chuintant.

— Je vois ! articule-t-elle avec difficulté.

La déception se lit sur son visage.

— En attendant, je suis dans la boue et j'ai besoin de ton aide, ô Feutrine Soyeuse…

— Qu'est-ce que tu deviens ? lui demande-t-elle d'une petite voix oppressée, sans lever la tête du livre posé sur ses genoux, un exemplaire du roman de cape et d'épée *Au bord de l'eau*[2], qu'elle s'apprête à recopier.

— J'ai quitté mon poste de calligraphe militaire. Je t'avais juré d'être là, auprès de toi, au bout

1. En Chine, à cette époque, les lettrés ont coutume de vilipender la vulgarité (*su*) et de cultiver l'élégance (*ya*).
2. *Au Bord de l'eau* est l'un des plus célèbres romans de la littérature chinoise.

de deux mois… et j'ai tenu parole ! Personne ne m'a vu rentrer ici.

— Ils t'ont autorisé à sortir de la caserne ?

— Pas vraiment… Je me suis enfui du camp militaire. J'ai marché pendant trois semaines. Heureusement, un convoi de marchands de chevaux a accepté de me prendre en charge, faute de quoi j'aurais mis au bas mot deux mois de plus… raconte-t-il en guettant un sourire de la part de la jeune femme.

— Tu es un déserteur ! Un déserteur… Te rends-tu compte de ce que tu as fait, Tambour de Bronze ? On ne quitte pas impunément les armées impériales… Sans oublier le mal que nous nous sommes donnés pour t'y faire entrer ! s'écrie alors Feutrine Soyeuse, outrée.

— J'ai cru bien faire ! Je pensais te faire plaisir en tenant ma promesse… lâche-t-il, mi-figue mi-raisin.

Ce que Tambour de Bronze omet de dire, c'est qu'il a préféré prendre la clé des champs avant que ses supérieurs ne s'aperçoivent de son inaptitude à la calligraphie, car au bout de deux mois de stage, les calligraphes militaires sont invités à voler de leurs propre ailes. Le lendemain du jour où il a pris la poudre d'escampette, il aurait eu à recopier son premier ordre de redéploiement d'un poste militaire du Grand Mur, et son capitaine aurait à coup sûr découvert la supercherie.

— S'ils viennent te chercher, cette fois, ton père ne pourra rien pour toi... poursuit la jeune femme, glaciale.

Tambour de Bronze, de plus en plus désappointé, sue désormais à grosses gouttes.

— Nous étions cantonnés dans un poste frontière à une journée de chevauchée du Grand Mur, à proximité de la grande ville de Shenyang[1]. Je m'ennuyais à mourir... Chaque nuit, je rêvais de toi !

— Tu te comportes comme un enfant... soupire, sans relever, Feutrine Soyeuse, qui sait que les déserteurs des armées impériales sont toujours punis de mort.

— Mon père arrangera ça ! Il a le bras long. Je crois savoir qu'il connaît un des trois sous-ministres de la Guerre, dont il a recopié l'arbre généalogique.

— Maître Liu a rendu l'esprit le mois dernier... annonce la jeune femme dont le visage affiche une pâleur extrême.

---

1. Cette ville est située à environ à cinq cents kilomètres au nord-ouest de Pékin.

Elle serre les poings. La présence, à ses côtés, de cet homme qui a abusé d'elle à de si nombreuses reprises lui est insupportable.

— Qu'est-ce que tu dis-là ? Mon père est mort ? hurle son fils.

— Les fièvres se sont acharnées sur lui pendant vingt jours et vingt nuits. À la fin du cycle, il était d'une maigreur effrayante. Lorsqu'il rendit son dernier *Qi*, ses os affleuraient sous sa peau... ajoute-t-elle, de plus en plus fermée.

— Mais qu'est-ce que je vais faire, à présent ? Me voilà dans de beaux draps ! s'écrie Tambour de Bronze, que la mort de son père n'a pas l'air de troubler outre mesure, si ce n'est qu'elle le prive du soutien espéré pour sortir du mauvais pas dans lequel il s'est fourré.

Il s'approche de la belle taoïste et la prend par les épaules.

Feutrine Soyeuse se débat.

Elle revoit la Tige de jade de Tambour de Bronze, dressée comme une lance, quand il l'a pénétrée sauvagement pour la première fois, dans le pavillon des Beaux Caractères, un jour où Pousse de Bambou et maître Liu s'étaient rendus chez un riche lettré dont ils collationnaient l'immense bibliothèque. Il lui avait tellement serré la gorge qu'il avait manqué l'étrangler, en même temps qu'il l'avait contrainte à s'ouvrir à lui. Son sexe était entré en elle, comme la lance du chasseur transperce le cervidé.

Morte de honte, elle n'avait jamais osé se plaindre et avait gardé pour elle cette insupportable flétrissure. D'ailleurs, à qui se serait-elle confiée ? Si elle en avait parlé à son père, maître Fong Divine Clarté, il aurait commencé par lui faire bander les pieds, une mesure à laquelle elle ne consentira jamais.

De cette terrible blessure, seul Pousse de Bambou pourra, un jour, la guérir, si elle arrive à ses fins en éloignant d'eux le frère et la sœur.

À présent que tout est à refaire, elle ne peut s'empêcher de repenser à ces longues nuits qu'elle a passées à pleurer, seule et désespérée, après ce viol néfaste.

Elle songe à ce sac de dégoût et d'humiliation qu'elle porte en elle, sans jamais avoir réussi à le vider.

Et voilà qu'il recommence.

Le salaud est à nouveau sur elle.

Sa bouche puante se cogne à ses lèvres ; sa langue essaie de toucher la sienne ; ses mains s'agrippent à ses épaules, avant d'écraser ses seins. Il se met à souffler comme un buffle, lorsque les pattes de l'animal sont engluées dans la boue des champs inondés. Mais il n'est pas le buffle jaune de l'Empereur jaune, lorsque celui-ci fit creuser à l'animal le Premier Sillon[1] ; et encore moins le buffle vert, sur le dos duquel monta le vieux maître taoïste Laozi lorsqu'il quitta le royaume de Zhou, dont il ne supportait plus l'irrespirable atmosphère de corruption.

L'horrible cauchemar, c'est sûr, va recommencer.

— J'ai une idée susceptible de te sauver... réussit-elle à articuler au moment où il s'apprête à la forcer une nouvelle fois, après avoir détaché à la hâte la ceinture de ses braies bouffantes de soldat.

— Après... après. Laisse-moi te baiser, ma mie... lui murmure-t-il dans le creux de l'oreille.

Elle comprend que si elle ne l'arrête pas sur le champ, il sera trop tard.

— C'est maintenant ou jamais ! Ne me touche pas... sinon je ne ferai rien pour te sortir du très mauvais pas où tu t'es fourré ! s'écrie-t-elle avec l'énergie du désespoir.

Elle le repousse si fort qu'il heurte le dos du fauteuil où elle était assise.

---

1. Le premier empereur mythique des Chinois, dit aussi « l'Empereur jaune », apporta à ces derniers, outre l'écriture, l'agriculture, grâce au « Buffle jaune ».

— Tu m'as fait mal au dos ! gémit-il, furieux.

— Passe-moi un de ces feuillets... murmure Feutrine Joyeuse, en désignant une pile de papiers vierges disposés sur l'étagère en bois de fleur de poirier jaune *huanghuali*, contre le mur de briques apparentes.

— Pourquoi faire ? demande Tambour de Bronze qui obtempère, pourtant.

— Au point où tu en es, seul l'empereur Wu Zong peut te tirer d'affaire. Tu vas lui demander audience... Je vais te rédiger le mémoire nécessaire ! Si tu devais passer par une de ces officines spécialisées capables d'établir ces documents, il t'en coûterait très cher.

— Je sais... marmonne Tambour de Bronze, pris de court, mais qui n'ignore pas que tout agent de l'État, civil ou militaire, a le droit d'être reçu par l'empereur en personne, à condition de convaincre celui-ci du bien-fondé de sa requête, ce qui suppose d'être capable d'aligner par écrit des arguments valables.

Le pinceau de Feutrine Soyeuse, tel un oiseau sautillant sur ses pattes, parcourt la feuille vierge à une vitesse hallucinante. La jeune femme a l'habitude de rédiger les mémoires ampliatifs que tout requérant doit présenter au bureau de la chancellerie impériale, avant d'espérer être reçu en audience publique par le souverain du Centre.

— Tu écris de plus en plus vite ! ne peut s'empêcher de souffler le fils de maître Liu, admiratif, en se penchant sur la feuille.

Mais il est incapable de comprendre ne fut-ce qu'une ligne du texte que la jeune femme est en train de rédiger de façon cursive, à la manière des mantras dont les maîtres du *chan*[1] apposent les formules hermétiques sur des pages blanches en quelques gestes fulgurants, à l'issue de longues séances de méditation transcendantale.

— Je préfère le mettre en *caoshu*[2] plutôt qu'en *lishu*[3]. Ils te prendront davantage au sérieux et tu passeras avant les autres. Je suis sûre qu'ils ne reçoivent pas un mémoire ampliatif écrit en *caoshu* sur cent !

La jeune femme sue à grosses gouttes. Elle déploie un effort intense. Il lui faut écrire le plus vite possible, de telle sorte que ses caractères ne

---

1. Nom chinois du terme sanskrit *dhyana*, qui signifie méditer ; le *chan* (*zen*, en japonais) est la forme la plus usuelle du bouddhisme chinois.
2. Terme chinois désignant le style cursif.
3. Appelée « écriture de chancellerie », la calligraphie *lishu* fut inventée, vers 210 avant J.-C., par le Premier empereur Qin Shihuangdi, à l'usage des fonctionnaires civils.

soient plus que des arabesques évanescentes. Seul un lettré de « première classe », comme il n'en existe qu'au sein même de la cour impériale, sera capable de les lire.

— Je te fais confiance ! Je ne comprends rien à ce que tu écris… constate d'ailleurs Tambour de Bronze, qui continue à lorgner la nuque de Feutrine Soyeuse, sur laquelle il poserait volontiers ses lèvres.

Le pinceau de la jeune femme a fini de courir. Course un peu folle vers les abîmes de l'image et de la pensée.

Mais ses errements sont en réalité maîtrisés : Feutrine Soyeuse sait parfaitement où elle va.

La trace d'encre vient mourir en bas à gauche de la feuille. À cet endroit, les gouttelettes d'encre sont presque entièrement absorbées par le papier, comme la pluie par le désert de sable. Le feuillet est harmonieusement rempli. Les colonnes, comme il se doit parfaitement équilibrées, comportent chacune le même nombre de caractères. Écrire, c'est à la fois dessiner et peindre. C'est placer dans un cadre des formes codifiées qui racontent des histoires et disent des paroles. Ni trop longues ni trop courtes. Juste ce qu'il faut. Seuls les calligraphes hors pair arrivent ainsi à calibrer leurs textes, de telle sorte qu'ils soient parfaitement inscrits dans l'espace de la feuille, comme les constellations dans le ciel.

— Passe-moi ton sceau ! souffle-t-elle à l'homme dont elle veut la perte.

Ce dernier s'exécute.

Le mémoire ampliatif est signé par le « calligraphe de troisième classe Tambour de Bronze, de la famille Liu ».

Le devoir de Feutrine Soyeuse est accompli.

Son cœur bat la chamade au moment où elle lui tend la feuille. Comme il fait très sombre, Tambour de Bronze s'approche de la porte.

La calligraphe retient son souffle.

Et si, par extraordinaire, il arrivait à lire des bribes de ce que Feutrine Soyeuse a écrit, quelle serait sa réaction ?

Le visage du jeune homme, imperturbable, se penche sur la feuille puis fixe les gravillons de la cour, sur laquelle donne le boudoir de la fille de Fong Divine Clarté : il ne comprend évidemment rien à ce mémoire.

Elle respire : la niaiserie est bel et bien une maladie incurable.

— Merci beaucoup ! finit par marmonner Tambour de Bronze.

Hagard et rempli de honte, il se souvient des sarcasmes dont l'accablait son père :

« Ton pinceau est bien parti pour te tomber des mains ! » « Tu es plus nul que nul… » « Quand on ne sait pas lire à dix ans, après un apprentissage aussi rigoureux que celui-ci que je dispense à mes élèves, ce n'est pas à vingt-cinq qu'on peut y arriver. »

— C'est normal… lâche, dans un souffle, la jeune femme dont la bouche est tordue par l'angoisse.

Il roule la feuille et la glisse dans sa poche.

— Mon père a-t-il évoqué mon sort avant de mourir ? demande-t-il à Feutrine Soyeuse.

— J'ai parlé à ton père, maître Liu, la veille de sa mort ; il était persuadé que son fils ferait une brillante carrière de calligraphe militaire.

— Tant mieux… lâche-t-il, accablé.

Pour Tambour de Bronze, c'est une longue histoire qui s'achève.

La mort de son père ne le touche guère. Il l'a toujours détesté. Il se sent libéré d'une tutelle pesante.

Pourquoi, au fait, s'est-il laissé faire à ce point par lui ? Pourquoi un fils de famille est-il obligé de suivre la trace de son père, comme si ce dernier était la main, et lui le pinceau ?

Une main très douée, mais un pinceau si mal taillé qu'il lui aura été impossible de dessiner le moindre *hanzi* de façon correcte…

Maudite main qui l'aura entraîné vers l'abîme au bord duquel il s'est retrouvé quelques jours plus tôt : la situation d'un calligraphe militaire incapable de transcrire convenablement les ordres de l'état major…

Et pour la première fois, Tambour de Bronze prend conscience qu'il n'a jamais, au contraire de Pousse de Bambou le bâtard, choisi la voie de l'écriture, mais qu'elle lui a été imposée par sa naissance, par son milieu, par son père, par la société.

Bref, par les autres.

Par tous les autres… qu'il déteste !

Heureusement que Feutrine Soyeuse, elle au moins, le comprend.

Il voudrait lui sauter dessus pour essayer à nouveau de l'embrasser ; il voudrait lui passer la main sur la croupe, avant de descendre lentement vers la raie de ses fesses ; il voudrait glisser ses doigts dans sa fente intime, tout au fond de sa Vallée des roses…

Il ne se doute de rien.

Dans quelques jours, les sbires de l'empereur du Centre prendront connaissance de la lettre d'insultes que Feutrine Soyeuse a écrit, en son nom, au souverain et chef suprême des armées : « *Fier d'avoir abandonné l'armée impériale, un ramassis de pleutres et de corrompus, en posant cette demande d'audience, je souhaite à Wu Zong de perdre le mandat que le Ciel lui a confié. Signé Tambour de Bronze, calligraphe militaire de troisième classe.* »

Jamais il ne saura qu'il n'a aucune chance d'atteindre la première classe de cette fonction, puisque Feutrine Soyeuse vient de signer son arrêt de mort.

En lieu et place de l'empereur du Centre, c'est la peine capitale qui l'attendra lorsqu'il se présentera, au jour dit, à la porte méridionale de la Cité pourpre interdite.

11

Trois jours plus tard…

Dans la petite pièce dite du « Tampon spécial », située à droite du gigantesque hall d'entrée de la porte de la Paix céleste, se tiennent deux hommes en armes. À leur ceinture, pend la hache rituelle de jade, et à leur cou un médaillon de bronze au nom de l'empereur Wu Zong.

Pour franchir la cour de la Grande Sérénité, où cinq élégants ponts de marbre permettent d'enjamber les ineffables ruisseaux des Eaux d'or, il faut être muni d'un sauf-conduit portant un coup de « Tampon spécial ».

Celui-ci est un sceau de pierre dure, d'une taille appréciable, dont le bouton porte le dessin du *yin* et du *yang*. L'objet, qui a la grosseur d'une théière, est posé sur la table, à côté d'une boîte en porcelaine « peau-de-pêche » ourlée de jaune, fabriquée à la manufacture de Jindezhen. À l'intérieur, se trouve la pâte vermillon obtenue à partir du mélange de poudre de cinabre et d'huile de ricin.

La taille du sceau est si importante qu'il ne peut être manipulé qu'avec les deux mains.

L'eunuque obèse qui se tient derrière l'immense table en bois de rose, auprès duquel Tambour de Bronze vient de déposer respectueusement sa requête d'audience, s'empare du « Tampon spécial », et après avoir plongé sa partie inférieure dans la boîte à pâte vermillon, l'écrase de toutes les forces sur la feuille que le requérant vient de poser sur la table. La belle calligraphie cursive de Feutrine Soyeuse est à présent très largement mangée par l'écriture sigillaire du « Tampon spécial » au nom de l'empereur Wu Zong le Grand.

Mais comme le rappelle un dicton en vogue chez les lettrés de Chine : « *Devant l'empereur du Centre, tout s'efface, y compris les poèmes illustres.* »

Une fois le « Tampon spécial » apposé, la voie est libre pour Tambour de Bronze, qui n'ose pas replier le mémoire ampliatif, de peur que le vermillon des caractères *yang*[1] ne coule et finisse par rendre difficile sa lecture.

1. Cette expression signifie ici que les caractères du sceau, à l'instar d'un tampon, sont en ronde-bosse.

Le fils de maître Liu peut traverser le ruisseau des Eaux d'or et accéder à la porte Wumen du Sud, là même où sévissent les fonctionnaires de la Chancellerie Impériale qui sont chargés de filtrer les demandes d'audience auprès de l'empereur du Centre.

Lorsque le jeune chancelier-adjoint du huitième grade prend connaissance du mémoire ampliatif, il manque s'étrangler.

Il relève les yeux.

Mais qui est donc ce fou ?

Lorsque son regard croise celui de Tambour de Bronze, tout sourire, le jeune chancelier-adjoint doit se retenir à sa table pour ne pas tomber à la renverse.

Mais pour qui se prend cet homme, qui n'hésite pas à défier ainsi l'institution impériale ?

Il doit y avoir maldonne.

Abasourdi et incrédule, le chancelier-adjoint se lève et s'en va trouver son chef, Stylet Infaillible, lequel est en train de boire du thé en devisant avec d'autres chanceliers de quatrième classe, dans le bureau situé derrière le comptoir des demandes d'audience.

— Un individu vient de me confier ce papier ahurissant... souffle-t-il à Stylet Infaillible.

Ce dernier, lorsqu'il a fini de déchiffrer le texte, ordonne d'une voix blanche à son subordonné :

— Fais patienter cet homme, le temps d'appeler la Garde spéciale !

Quelques instants plus tard, trois membres de la garde, reconnaissables à leurs brassards jaune, font irruption dans le hall de la porte Wumen du Sud.

— Où est-il ? jette celui qui porte l'écharpe et la ceinture des capitaines.

— Là ! répond le chancelier-adjoint en désignant Tambour de Bronze, qui attend sagement son tour, dans la file d'attente de ceux qui ont déjà reçu le coup de « Tampon spécial », pour être conduits vers la terrasse de la porte de l'Harmonie Suprême sur laquelle l'Empereur, assis sur un trône de marbre dont les accoudoirs sont ornés de dragons, reçoit son peuple en audience au début de chaque mois lunaire.

Les bras tordus dans le dos par les gardes, Tambour de Bronze, qui n'a même pas eu le temps de se débattre est emmené vers une arrière-cour où se trouve l'un des huit postes de police de la Cité pourpre interdite.

Un homme s'approche de lui. Tambour de Bronze reconnaît Élévation de Trois Degrés, un commissaire de police qui était l'un des bons clients de son père.

Le chancelier-adjoint lui tend la feuille.

— Malheureux ! Pourquoi donc as-tu écrit cela ? Mais qu'est-ce qui t'a pris ! souffle, la mine défaite, le fonctionnaire de police, au moment où l'un des membres de la Garde spéciale enferme le cou et les poignets du jeune homme dans une cangue, qu'il peut à peine porter tellement elle est lourde.

— Mais je ne comprends pas ce qui m'arrive… Je n'ai rien fait de mal, si ce n'est demander audience à l'empereur du Centre, pour le supplier de me relever de mes fonctions de calligraphe militaire ! proteste-t-il.

— En plus de tout, c'est un provocateur ! lâche alors le capitaine de la Garde spéciale, un homme au crâne soigneusement rasé, et dont les longues moustaches le font ressembler à un Mongol.

Pendant qu'Élévation de Trois Degrés s'esquive, car il vaut mieux ne pas s'attarder dans une telle embrouille, Tambour de Bronze est traîné vers les geôles où sont enfermés les criminels. Elles sont situées dans un pavillon annexe, situé entre les cuisines et les écuries impériales. À l'intérieur ont été construites des cages de fer ; en principe, il est possible d'y enfermer trois condamnés, mais on les y entasse par dizaine, car cela fait des mois que les condamnations à mort pleuvent, et que la cadence des exécutions, faute d'un nombre suffisant de bourreaux, ne suit pas…

De nombreux condamnés ne survivent pas à un tel traitement, ce qui allège d'autant la tâche harassante des bourreaux.

Deux gardes poussent Tambour de Bronze, qui manque défaillir tellement ça pue l'urine, vers cet inextricable amas de corps en sueur forcés à demeurer debout. Peinant à le loger entre deux criminels de droit commun, qui poussent force jurons, les gardes en viennent aux coups, de genoux et de fouet.

Le sang gicle.

Le sang est l'encre du corps pour une calligraphie de l'étouffement.

12

Une semaine plus tard...

Sous le soleil de juin, dans la ville où l'atmosphère est irrespirable, la poussière s'envole en volutes.

Au moment où l'épée du bourreau s'abat, comme l'aigle sur le chevreau apeuré, l'envie de vomir s'empare de Pousse de Bambou, comme chaque fois qu'il assiste aux exécutions capitales.

Ainsi que l'a stipulé, il y a trois ans, un édit de l'empereur Wu Zong[1], elles ont lieu tous les mardis, en début d'après-midi, au pied de la tour méridionale de la Cité pourpre interdite[2], sur une aire de terre battue d'où la police chasse sans

1. Wu Zong régna de 1506 à 1522.
2. La couleur pourpre, qui symbolise l'étoile polaire, signifie que le palais est au centre de l'univers.

ménagement les marchands qui, d'habitude, y déploient leurs étals de légumes et de fruits.

Juste devant la porte du Midi du Palais impérial, à quelques pas du pont qui enjambe le ruisseau des Eaux d'or et précède la porte de l'Harmonie suprême, la mort va succéder à la vie, et le sang des suppliciés couler.

Ainsi va la vie au pays des rituels et des codes pénaux : vers la mort, pour tous ceux qui les enfreignent. Voler, même une minuscule sapèque de cuivre, entraîne la bastonnade au gros bambou ! S'en prendre au pouvoir suprême est une faute impardonnable.

Il faut faire des exemples, sinon, le chaos s'installera. Ne pas être cruel, pour l'empereur du Centre, c'est accepter de se faire déposer ; c'est laisser croire au peuple que le mandat du Ciel ne tient plus.

Alors, il faut tuer et massacrer le lot de citoyens nécessaire.

Certes, Wu Zong le Grand n'entendra pas les hurlements de terreur des suppliciés qu'il jette en pâture à son peuple : assis devant les rayonnages de sa bibliothèque, entouré par ses deux inséparables eunuques-secrétaires au visage maquillé comme celui des vieilles courtisanes soucieuses de cacher leurs rides, il reçoit ses principaux ministres en audience, dans le pavillon de l'Harmonie protectrice, où n'arrivent de son pays que les rumeurs bruissantes colportées par les courtisans.

Mais peu importe.

Les exemples seront cités au peuple ; et le peuple adore contempler les exemples que lui fournit l'empereur.

L'Empereur du Centre a beau régner caché, très loin du bruit et de la fureur de la capitale – et pourtant en plein cœur de celle-ci –, à l'abri des hautes murailles de la Cité pourpre interdite, il suffit que le peuple croie qu'il sait tout et qu'il voit tout, puisque rien ne se fait, sous le ciel de l'empire du Centre, qui ne soit en son nom.

La décapitation à laquelle Pousse de Bambou assiste n'est pas ordinaire, puisque la victime en est Tambour de Bronze.

Il a appris la nouvelle par un petit mot anonyme glissé sous son oreiller. Il a longuement hésité à venir assister au supplice de celui qui n'aura cessé de l'humilier. Au départ, il ne voulait pas ; puis, la tentation s'est faite trop forte. Il n'avait que sept ans lorsque maître Liu l'a amené, avec Tambour de Bronze, précisément, assister à une exécution capitale. Il s'agissait d'un voleur à la tire récidiviste, surpris en flagrant délit par les policiers.

— J'ai volé pour nourrir ma famille ! hurlait l'homme, torse nu, à la foule qui se pressait autour de l'estrade sur laquelle il allait être décapité au sabre.

Lorsque l'épée s'était abattue, Tambour de Bronze avait sauté de joie, alors que le bâtard calligraphe n'avait pu s'empêcher de frissonner devant tant d'injustice.

Mais aujourd'hui, c'est au tour de Tambour de Bronze de subir le châtiment suprême…

— À mort, à mort ! crie la foule en colère.

Même les femmes présentes hurlent, car la foule, dans ces moments-là, telle un dragon-ogre maléfique, est toujours assoiffée de sang !

Le bourreau, un homme au visage terrifiant et criblé par la petite vérole, habillé d'une tunique de soie noire ornée de festons rouges, prend son sabre, le lève, puis l'abat violemment sur le billot où les gardes en tenue sang et or ont obligé Tambour de Bronze à poser sa tête.

Ça y est… elle vient de se détacher de ses épaules… et Pousse de Bambou a de la peine à réprimer un cri.

La tête de Tambour de Bronze roule sur le sable, comme une pomme trop mûre tombée de l'arbre.

Heureusement que Pousse de Bambou a appris à se dominer, sinon, c'est sûr, il tournerait de l'œil, et incarnerait, aux yeux de ces badauds excités, l'exemple ridicule d'un homme qui ne supporte pas la vue du sang.

Il essaie de se raisonner, en se disant que Tambour de Bronze a échappé à des supplices bien pires : la castration sans anesthésie, le port de la cangue de cinquante kilos pendant un mois avant l'écorchage à vif, ou l'infamie du tatouage des joues dont sont marqués à vie les déserteurs de l'armée impériale…

Mais il n'arrive pas à s'y résoudre.

Tambour de Bronze ne respire plus ; il vient de perdre son souffle vital *Qi* !

Lorsque la tête et le reste du corps sont détachés l'un de l'autre, le *Qi* ne peut plus opérer. Il a besoin de la bouche pour pénétrer à l'intérieur du corps par l'œsophage, avant d'aller se nicher dans le bas-ventre, à l'endroit du « Très Noble Champ de cinabre », là où siège le Noble Seigneur jaune, entre la Chambre d'or et celle de rubis, d'où il remonte le long de la colonne vertébrale pour irriguer le cœur et le cerveau.

Respirer le Souffle primordial, c'est recevoir l'immortalité !

Sans sa tête, le corps de Tambour de Bronze ne pourra pas accéder à l'immortalité… à cet ineffable Palais d'immortalité du Nord, là où vivent des êtres qui peuvent atteindre dix mille ans… Il lui sera impossible de se nourrir du *Qi*, la pureté de l'Harmonie suprême, et accéder ainsi à la pureté du Jaune[1] !

Dépourvus de *Qi*, les êtres ne sont pas différents des plantes ou des cailloux ! Ils ne voient rien, ne sentent rien et n'éprouvent rien ; ils sont incapables d'admirer un paysage d'automne, de s'extasier devant le papillon qui vient se poser sur le pétale de rose, de humer la délicate odeur d'une pivoine, ou encore de ressentir le désir monter en eux lorsqu'ils caressent la peau laiteuse d'une jolie femme.

À présent, la foule, bestiale et vulgaire, applaudit à tout rompre.

Pousse de Bambou a toujours la nausée, mais il ne doit pas le montrer… Un homme de vingt ans n'a pas le droit d'exposer sa faiblesse à la foule vociférante.

C'est alors qu'il remarque avec étonnement la présence de Feutrine Soyeuse, au dernier rang de l'assistance.

---

1. Selon la théorie taoïste du corps, le bas du ventre est le siège de toutes les énergies, c'est-à-dire l'endroit où se forme le Souffle ou *Qi*. Ces données sont extraites du *Livre de la Cour jaune*, texte fondateur du taoïsme chinois, écrit vers le Ve siècle ap. J.-C.

Que vient-elle faire là ? Pourquoi a-t-elle voulu assister au supplice de Tambour de Bronze ?

Ce n'est pas la place d'une jeune fille de son espèce, plus habituée à broder une belle étoffe de soie assise à l'ombre du lilas planté dans le jardin harmonieux de maître Fong Divine Clarté, qu'à traîner dans la grande ville pour aller se mêler à ceux qui se repaissent de voir couler le sang.

Il regarde son visage. Il est toujours aussi beau. L'hiver, il est coiffé d'un petit calot ourlé de zibeline ; l'été, sa belle chevelure est libre.

C'est beaucoup mieux ainsi.

Feutrine Soyeuse doit être juchée sur un tabouret, car sa tête dépasse celles de l'assistance d'une bonne coudée.

À peine ses yeux croisent-ils ceux de son amant qu'ils s'en détournent, comme si elle était gênée.

Visiblement, elle ne pensait pas le voir à cet endroit…

Le bourreau qui vient de décapiter le fils unique de maître Liu affiche un sourire béat, comblé par les vivats épouvantables de ces gens vulgaires et cruels, qui viennent se nourrir du spectacle de la mort et de la souffrance d'autrui.

Pousse de Bambou a honte pour ses semblables.

Auparavant, cet homme implacable, qui décapite au bas mot une quarantaine de condamnés par jour, a sûrement aiguisé son sabre pendant des heures, étant donné que sa lame est entrée dans le cou de Tambour de Bronze comme dans une motte de beurre de yack.

Les maîtres d'armes appellent cela « astiquer l'arme ».

D'un seul coup d'épée « astiquée », certains maîtres, après avoir inspiré l'air et expiré le *Qi*, sont capables de fendre par le milieu un gros tronc d'arbre posé sur une pierre, en même temps qu'ils poussent un terrible cri de guerre.

À présent, la tête de Tambour de Bronze, totalement vidée de son sang, est blanche comme le sable ; ses yeux sont mi-clos, et il a l'air de rêver…

Pousse de Bambou n'arrive plus à contenir ses larmes.

Il est étrange que la mort de Tambour de Bronze, ce frère de lait ennemi, lui soit aussi insupportable. Et surtout, comment un calligraphe militaire a-t-il pu commettre pareille bévue ? Pourquoi cette insulte à l'empereur ? Pourquoi cette inutile provocation, considérée par le code pénal en vigueur comme un crime irréparable, qui lui a valu la mort ?

Sur le panneau de bois dressé à côté du billot du bourreau, est écrit le motif de la sentence : « Par manque de respect envers l'empereur du

Centre, le Très Haut Wu Zong, et après avoir déserté l'armée impériale, cet homme va perdre sa tête. » Le texte de l'écriteau aura donc été respecté à la lettre.

Tout ce qui est écrit se fera. Calligraphie de la sentence et de la mort.

Pousse de Bambou n'en peut plus. Les souvenirs de l'enfance remontent à la surface : lui, le bâtard, humilié par l'autre, le fils indigne. La vie est injuste.

Il faut partir. Il lui faut s'éloigner de la mort. Car, telle le Renard éternel à neuf queues, la mort rôde. À la maison, Jasmin Éthéré s'affaiblit de jour en jour. Une malédiction s'est abattue sur la descendance du calligraphe Plein-Vide.

Mettre une muraille entre tout cela et lui ; se jeter encore plus dans la calligraphie, pour échapper à son sort d'humain. Se laisser envahir par la forêt des *yhanzi* et s'y perdre. Avec un peu de chance, il finira calligraphe à la cour impériale…

Au moment où il quitte à reculons l'aire du supplice, sur le sable de laquelle le sang du condamné forme une grosse tache brune, à mi-chemin entre la couleur du cinabre et celle de la terre, son esprit en proie au tourment se met à vaciller.

Plus rien n'est à sa place. Comme si le *yin* et le *yang* ne s'accordaient plus. Comme si le ciel allait tomber et la Terre monter.

C'est alors que le bâtard calligraphe jette un dernier regard à Feutrine Soyeuse.

La jeune femme, après avoir feint de ne pas le voir, finit par lui sourire.

C'est sûr : elle l'aime de toutes ses forces.

Pousse de Bambou se met à courir vers le parc où se dresse le Mingtang. C'est le temple du Ciel. Le lieu où l'empereur du Centre reçoit, le jour fixé par les astrologues, le mandat céleste que le peuple de Chine peut lui retirer à tout moment.

Là-bas, au milieu de l'immense étendue herbeuse où quelques vieillards exposent leurs corps décharnés aux rayons du soleil accablant, après avoir accompli les exercices respiratoires destinés à remettre en adéquation avec le Très Haut Ciel les Cinq Organes et les Cinq Éléments[1], Pousse de Bambou inspire et expire longuement pour récupérer son souffle, pour recouvrer son calme.

Il ferme les yeux puis les rouvre.

---

1. Le premier livre de médecine chinoise, le *Classique interne de l'Empereur jaune*, élaboré vers 1000 ans avant J.-C., explique comment la bonne santé du corps repose sur l'harmonie entre les cinq viscères ou *wuzang* – cœur, foie, poumons, rate et reins – et les cinq éléments ou *wuxing* – eau, feu, bois, métal, terre.

Et, au bout de l'allée gravillonnée empruntée par les empereurs du Centre pour se rendre sur le lieu où ils sont censés réconcilier l'Univers et leur peuple, s'avance la silhouette de Feutrine Soyeuse.

Il sait ce qui lui reste à faire : il s'emparera d'un morceau de bois et dessinera sur le sol le caractère *fu*, juste avant que Feutrine Soyeuse ne le foule.

D'ordinaire, il répugne à écrire le mot « bonheur » : il a toujours eu trop peur des chauve-souris[1]. Quand il était enfant et qu'elles entraient dans sa chambre, à la nuit tombée, il ne pouvait s'empêcher de hurler de terreur.

D'une main ferme, à présent, il calligraphie le mot *fu*.

Fu est le « terme valise » de tout ce qui fait du bien aux hommes et aux femmes : les faveurs du Ciel, le bonheur essentiel, la félicité pure et la prospérité durable.

Le bonheur est dans cette valise.

Pourquoi ne s'autoriserait-il pas, pour une fois, à l'ouvrir lui-même ?

---

1. La chauve-souris se dit *bianfu*, soit un mot phonétiquement très proche de *fu*, le bonheur, ce qui en fait, en Chine, l'un des animaux symboles de la prospérité.

Là, devant Feutrine Soyeuse dont il sent déjà le souffle frais, le bâtard calligraphe a trop envie d'être heureux…

13

Quelques semaines plus tard…

Les pas de Jasmin Éthéré viennent de la guider vers un édicule de marbre, sous lequel elle compte s'abriter du crachin.

Le lac de l'Ouest ne tardera pas à se couvrir de nuages ; bientôt, les gouttelettes de pluie provoqueront ce minuscule rebond à la surface de l'eau… puis ce doux clapotis chanté par les plus grands poètes, lorsqu'ils évoquent les larmes du dragon ou sa bave.

C'est fou ce qu'elle se sent mieux depuis cinq jours.

Elle a bien compté que cela fait cinq jours qu'elle se voit revivre, qu'elle se sent autre chose qu'une plante en train de s'étioler.

Cinq est un chiffre fétiche : cinq éléments ; cinq classiques ; cinq directions.

Depuis cinq jours, ses jambes sont à nouveau capables de la porter.

Depuis cinq jours, elle peut boire un bol de soupe de riz sans vomir, et même avaler un bout de biscuit au miel et au sésame sans se tordre de douleur.

Depuis cinq jours, elle a pu cesser de prendre ses remèdes… Grâce à Feutrine Soyeuse, qu'elle ne remerciera jamais assez de l'avoir si bien soignée.

Lorsque, ce matin-là, cette dernière est entrée dans sa chambre, la fille de maître Liu était si fatiguée qu'elle était incapable de relever la tête.

— Bonjour Jasmin Éthéré ! Il y a longtemps que je ne suis pas venue te voir…

Pousse de Bambou était là aussi. Elle ne l'avait pas vu depuis une bonne semaine. Il faut dire que, depuis la mort de maître Liu, l'atelier de calligraphie ne désemplit pas et que ce pauvre Pousse de Bambou ne sait plus où donner de la tête.

Lorsqu'elle redressa son cou, elle vit qu'ils se tenaient par la main, comme des amoureux.

Elle trouva que le bâtard calligraphe avait la mine légèrement contrite, un peu comme s'il était gêné de se présenter devant Jasmin Éthéré au bras d'une autre.

Mais elle était si lasse, que tout cela ne lui faisait plus ni chaud ni froid. Au point que, lorsque Feutrine Soyeuse lui souffla :

— On va se marier, tu sais…

Elle répondit :

— Vous faites bien… Quant à moi, je ne sais pas si j'aurai suffisamment de forces pour aller vous embrasser après la cérémonie…

— Mais si, Jasmin Éthéré ! Je suis sûr que tu vas aller mieux !

Pousse de Bambou avait l'air sincère lorsqu'il lui tendit la main en disant :

— Regarde ce que je t'ai apporté…

C'était une simple feuille de papier sur laquelle il avait calligraphié le mot *fu*, le caractère du bonheur.

Elle prit la feuille, et serra ce *fu* contre son cœur, puis elle le remit, d'une main tremblante, au bâtard calligraphe.

— *Fu*, c'est pour toi et pour elle, pour vous deux… Je vous souhaite des montagnes de *fu !* murmura-t-elle en même temps que son regard croisait celui de Feutrine Soyeuse.

C'est alors qu'elle s'aperçut que la fille de maître Fong Divine Clarté avait l'air consternée.

— Pourquoi me regardes-tu ainsi ? lui demanda alors Jasmin Éthéré.

De la bouche de celle qui allait épouser Pousse de Bambou ne sortait aucun son.

— Tu ne lui réponds pas ? Elle t'a posé une question… lâcha ce dernier, quelque peu agacé.

— Je trouve qu'elle a bien meilleure mine ! Je propose qu'elle cesse de prendre ses remèdes ! finit par s'écrier Feutrine Soyeuse, à la grande surprise de Jasmin Éthéré.

— Mais jamais je ne me suis sentie aussi fatiguée… Je suis une brindille entraînée par le ruisseau en crue ! Moi qui pensais que tu venais me porter ma ration de pilules.

— Détrompe-toi ! Tes joues sont bien plus roses que la dernière fois. Les pilules ont fini par agir. Dans la vie, tout est affaire de patience…

— Je n'arrive pas à te croire !

— On en reparlera dans quelques jours… Je t'assure que les pilules de longévité ont déjà agi en toi en régénérant ton souffle. Demain, tu te sentiras mieux !

Pour Jasmin Éthéré, c'était un coup terrible ! Au lieu de lui donner sa ration de remèdes, voilà que sa rivale l'en privait ! Un assassinat. Feutrine Soyeuse était en train de lui porter l'ultime estocade.

Jasmin Éthéré regarda Pousse de Bambou, son ultime recours, pour le supplier d'intervenir. Mais soudain, elle sentit une immense lassitude l'envahir, avec l'envie d'en finir… une fois pour toutes.

Elle n'avait plus qu'une idée en tête : laisser faire. Se laisser aller. Quitter cet épuisement atroce… S'évaporer dans les nuées comme les dragons facétieux, lorsqu'ils décident de s'éclipser au nez et à la barbe des hommes…

Plutôt que de se sentir mal là où elle se trouvait, ne valait-il pas mieux, en effet, mourir ?

Aussi s'abstint-elle de répondre à Feutrine Soyeuse, au moment où les deux futurs époux quittaient sa chambre, après lui avoir adressé un salut de la main.

Demeurée seule, elle se pelotonna sous sa couverture, persuadée qu'elle n'en avait plus que pour quelques jours à vivre.

Aussi fut-elle toute surprise, lorsqu'elle se réveilla, le lendemain matin, après une nuit calme et réparatrice, de constater qu'elle se sentait un peu mieux !

Feutrine Soyeuse ne lui avait donc pas menti. Les pilules agissaient enfin. Son souffle *Qi* était bel et bien en passe de retrouver sa vigueur d'antan…

Deux jours plus tard, alors qu'auparavant, elle n'arrivait même plus à se lever sans tourner de l'œil, elle était déjà capable de faire le tour de son lit. Et le jour suivant, elle faisait trois pas dans la cour sans être obligée de se tenir au bras de quiconque…

À présent, elle est guérie.

Cette promenade au bord du lac de l'Ouest, elle l'a décidée le matin même, constatant avec bonheur qu'elle avait récupéré suffisamment de forces pour l'accomplir.

Assise sur le banc de marbre de l'édicule sous lequel les lettrés viennent contempler le ciel en espérant y voler les mots d'un poème, elle regarde la pluie s'abattre sur les eaux grises au-dessus desquelles plus aucun oiseau ne vole.

Elle se sent si bien que, pour un peu, elle se mettrait à chanter.

Un étrange bonheur est en train de gagner tous les organes de son corps.

La pluie a cessé, et les nuages déchirés par le vent laissent désormais passer quelques rayons de soleil.

C'est alors qu'elle a une pensée pour Tambour de Bronze, son frère. Qu'est-ce qui lui a pris d'aller ainsi défier, comme un benêt, l'empereur du Centre ? Elle n'a jamais été proche de lui. Il a toujours été fantasque et imprévisible. Leur père ne se faisait aucune illusion à son sujet. Qui ne sait pas écrire, ne sait pas penser.

Elle plonge un doigt dans l'eau du lac de l'Ouest et, sur le banc de marbre déjà sec, se met à dessiner avec allégresse le caractère *fu*.

Le résultat est plus que probant. Elle est aussi bonne calligraphe que Pousse de Bambou, le bâtard calligraphe.

Dans quelques secondes, la pierre étant très poreuse, il ne restera plus rien de ce « bonheur ».

Mais avant qu'il disparaisse, elle ferme les yeux.

Pour ne pas voir ce bonheur-là lui échapper définitivement...

Achevé d'imprimer sur les presses de

BUSSIÈRE

GROUPE CPI

à Saint-Amand-Montrond (Cher)
en février 2005

Édition exclusivement réservée
aux adhérents du Club
Le Grand Livre du Mois
15, rue des Sablons
75116 Paris

N° d'impression : 050619/1.
Dépôt légal : février 2005.

Imprimé en France

ISBN : 2-286-00644-X